Danke an alle Freunde von „Leni"

Danke all meinen Bewohnern und Klienten die mich über soo viele Jahrzehnte begleitet haben und mit ihrem Sein mein Leben bereichert haben.

Letztendlich seid ihr die Inspiration für die Geschichten von Leni!

Ganz besonders Danke sagen möchte ich Peter Mäke, der mit seinem Lektorat und seiner, stets bestärkenden Rückmeldung mir die Erstellung dieses Buches so viel einfacher gemacht hat und dadurch großen Anteil am Gelingen hat!

Danke Peter!

Leni
und wie sie ins Krankenhaus kam

1.

Hinter der kleinen Lichtung ging langsam die Sonne auf. Ein kräftiges Morgenrot tauchte das „Ich + Du-Haus" in weiches, fast rosarotes Licht. Langsam erwachten alle Bewohner des Mehrgenerationenhauses, nur der General schlief wie immer lange.
Leni rieb sich die Augen und streckte sich ausgiebig. Sie war noch vor dem lauten Klingeln des Weckers wach geworden, darüber freute sie sich sehr.

Der Wecker war ein Erbstück ihrer Mutter. Er war alt, sehr alt, aus Blech und bereits ziemlich verbeult. An der Oberseite befand sich ein Griff, neben diesem gab es zwei Glocken und dazwischen ein Hämmerchen. Dieses hämmerte zur Weck-Zeit, unermüdlich und schrecklich laut auf die Glocken ein. Damit unterband der alte Wecker unerbittlich jeden Versuch, wieder einzuschlafen.
Hauke, ihr Mitbewohner, meinte einmal, dass man mit diesem Wecker bestimmt auch Tote aufwecken könne.
Das blecherne Scheppern riss Leni jeden Morgen ohne Wenn und Aber aus dem Schlaf. Genau das hatte ihre Mutter wohl damit bezwecken wollen...

Um dem Höllenlärm des Weckers zu entgehen, wurde sie mittlerweile meist vor dem ersten Klingelton wach.
Obwohl Leni den Wecker nicht leiden konnte, wollte sie ihn nicht austauschen, schließlich erinnerte er sie jeden Morgen an ihre Mama.

Bereits vor einem Jahr war Lenis Mutter gestorben.

Leni kuschelte sich noch ein wenig in ihre rosarote Barbie-Bettwäsche und ihre Gedanken wanderten, wie so oft, zu ihrer Mutter und in ihre Kindheit zurück.

Früher hatten ihre Eltern in einem kleinen Haus in Rosenheim, einer Stadt in Oberbayern, gewohnt. Ihr Vater war bei der Bundesbahn angestellt, und ihre Mutter arbeitete in einem Büro.

Lange hatten Lenis Eltern auf die Erfüllung ihres Kinderwunsches warten müssen, umso glücklicher waren sie, als Lenis Mutter mit fast 40 Jahren endlich schwanger wurde.
Bereits während der Schwangerschaft erfuhren die Eltern, dass das Kind behindert und das sogenannte Down-Syndrom, Trisomie 21 haben würde.

Doch nach dem ersten Schrecken und vielen durchwachten Nächten mit intensiven Gesprächen und reichlich Tränen - beschlossen sie, dass sie dieses Kind, das ihnen nach so langem Warten geschenkt worden war, annehmen und lieben würden, selbst wenn sie nicht so genau wussten, was auf sie zukommen könnte.

Doch es ergab sich, dass Leni, eigentlich getauft auf den Namen Magdalena, vom ersten Tag an aus ganzem Herzen geliebt wurde. Bereits als Baby strahlte sie stets über das ganze Gesicht, und nur ganz selten weinte sie.

Ihr fröhliches, herzliches Wesen machte es allen Menschen, die mit ihr zu tun hatten, außerordentlich leicht, sie zu mögen. Wenn Leni aus vollem Herzen lachte, machte sie ihre Behinderung schnell vergessen.
Leni war wie selbstverständlich überall dabei, nie versuchten ihre Eltern, sie aufgrund ihrer Behinderung zu bremsen oder ihr Dinge vorzuenthalten. Sie waren damals schon Vorreiter, der heute überall geforderten und teilweise schon gelebten Inklusion.

Sie besuchte einen normalen Kindergarten und ging später in eine heilpädagogische Schule. Sie lernte Lesen und Schreiben, auch wenn es ihr nicht immer leichtfiel.
Bis heute steht sie mit der Rechtschreibung auf Kriegsfuß.

Doch ihrer Freude an der Natur, an Menschen und Tieren, kurzum ihrer Neugierde auf das Leben tut dies keinen Abbruch.
Leni bringt so ein „winziger" Rechtschreibfehler nicht aus der Ruhe.

Zahlen hingegen machen ihr bis heute große Schwierigkeiten. Rechnen wollte ihr deshalb auch nie wirklich Freude bereiten.
Immer noch hat sie Probleme damit, das Wechselgeld beim Einkaufen richtig nachzuzählen und einen Überblick über größere Geldbeträge zu behalten.

Ihre Eltern ließen sie trotz allem immer wieder, mit kleineren Geldbeträgen Einkäufe in nahegelegenen Geschäften erledigen und ermutigten sie dazu, sich eigenverantwortlich einen Einkaufszettel dafür zu schreiben.
So lernte Leni früh, sich mit Dingen, die ihr Schwierigkeiten bereiteten, auseinander zu setzen und sie immer wieder zu versuchen.

Leni war in der Nachbarschaft des kleinen Varortes von Rosenheim gut integriert, hatte Freundinnen und war überall beliebt.
Wenn sie als kleines Mädchen auf der Treppe vor dem Haus stand und jeden Nachbarn persönlich mit einem freundlichen „Grüß Gott" zuwinkte, zauberte sie jedem ein Lächeln ins Gesicht.

Leni liebte schon als Kind alle Tiere, nicht nur, wie man erwarten könnte, Hunde, Katzen und Pferde. Nein, auch Regenwürmer, Raupen und Kellerasseln begutachtete sie hingebungsvoll und liebkoste sie vorsichtig.
Selbst Weberknechte und Spinnen blieben nicht verschont.
Jedes dieser Tiere wurde gestreichelt, liebevoll im Puppenwagen spazieren gefahren und dann wieder in die Natur entlassen.
Das Krabbelgetier wurde erst uninteressanter, als sie eine kleine,

kohlrabenschwarze Katze vom benachbarten Bauernhof in ihr Herz schloss.

Nach einigem Hin und Her erlaubten die Eltern, dass der kleine Kater, genannt „Schnurrli", bei Leni einziehen durfte.
Fortan wurde das Katerchen im Puppenwagen spazieren gefahren.
Bereits nach kurzer Zeit taten ihre Freundinnen es ihr gleich, und man sah kleine Mädchen mit langen Zöpfen ihre Puppenwagen mit kleinen Kätzchen durch die Straßen schieben.

Leni liebte schon als Kind Geschichten und konnte nicht genug davon bekommen. Sie ließ sie sich von ihren Eltern, ihrer Taufpatin und von Freundinnen vorlesen oder erzählen. Besonders hatten es ihr Krimis oder Abenteuergeschichten angetan. Lenis Phantasie war so ausgeprägt und rege, dass es kein Wunder war, dass sie sich oft selber als Heldin dieser Geschichten sah.

Die Abenteuer wurden von ihr dann ausgeschmückt und im Kindergarten erzählt. Die Erzählungen waren so detailgetreu und überzeugend, dass sogar die Kindergärtnerin einmal bei den Eltern nachfragte, ob es stimme, dass Leni einen Einbrecher bei ihnen zu Hause gestellt und dafür gesorgt hatte, dass dieser ins Gefängnis kam….

Als Leni älter wurde und sicherer im Lesen, beschäftigte sie sich viel mit Büchern, kleine einfache Geschichten konnte sie nun alleine lesen.
Ihre Vorliebe für spannende Kriminalgeschichten blieb jedoch ungebrochen, und so oft es ging, bat sie jemanden, ihr vorzulesen.

2.

Als Leni eine junge Frau wurde, starb plötzlich und unerwartet ihr Vater. Es war eine schwere Zeit für sie und ihre Mutter.
Leni konnte mit Begriffen wie Tod und Sterben nichts anfangen und nicht verstehen, warum der Vater nicht mehr nach Hause kam. Die Trauer und die

Schwermut ihrer Mutter belasteten sie sehr. Sie versuchte mit Singen, Streicheln und dem Vorlesen von Geschichten die Mutter aufzuheitern, was ihr aber nicht so recht gelingen wollte.
Nachbarn und Freunde kümmerten sich während dieser schweren Zeit liebevoll um die beiden.

Durch den Tod des Vaters wurde die Verbindung zwischen Leni und ihrer Mutter noch inniger und intensiver.

Leni begann, sich jetzt auch für den Haushalt zu interessieren und ihre Mutter bei der Hausarbeit zu unterstützen.
Sie lernte einfache Kochrezepte, Kuchen backen, lernte, wie man Schuhe putzt und versuchte sich in der Wäschepflege.
Das Waschen überließ sie jedoch schnell wieder ihrer Mutter, denn ihre rote Strickjacke hatte die weiße Wäsche, inklusive Unterwäsche, in einen rosa Traum verwandelt, was Leni zwar sehr gut gefiel, ihrer Mutter dafür umso weniger.

Durch die intensive gemeinsame Zeit und die ungebrochene Fröhlichkeit von Leni empfand ihre Mutter langsam wieder selber mehr Lebensfreude und war nicht mehr so traurig. Lenis liebevolle Zuwendung, ihre tröstenden Worte und Gesten hatte ihre Wirkung nicht verfehlt.

Die Mutter unternahm mit Leni wieder Ausflüge, nahm an Veranstaltungen der Gemeinde teil, und auch den Kirchenchor besuchte sie wieder regelmäßig. Leni freute sich sehr darüber, dass ihre Mutter nun wieder öfter lachte und mit ihr lustige Lieder sang.

Im darauffolgenden Herbst wechselte Leni von der Schule in die Werkstätten der Caritas und war nun den ganzen Tag im Trainingsbereich der Schreinerei tätig.
Die Arbeit in der Schreinerei machte Leni große Freude. Der Umgang mit dem Naturmaterial Holz lag ihr. Sie fand es schön, dass sie am Ende des Tages sehen konnte, was sie alles geschafft hatte.

Oft gelang es ihr, eine ganze Kiste Brotzeitbretter glatt und weich zu schleifen, wofür sie dann ein Extra-Lob von ihrem Gruppenbetreuer erhielt.
Dass sie Bretter schliff, die dann im Werkstatt-Laden verkauft wurden, erfüllte sie mit Stolz.
Nach einiger Zeit wurde sie fest ins Team der Schreinerei übernommen und arbeitet dort nun schon viele Jahre.

Nicht nur ihre Arbeit, auch die Menschen, mit denen sie zusammenarbeitet, sind ihr wichtig geworden, es entwickelten sich viele Freundschaften.
Bei Ausflügen und Urlauben, die von der Werkstatt organisiert wurden, war Leni immer begeistert dabei.

Einmal ging es sogar nach Italien ans Meer, davon konnte Leni gar nicht genug bekommen. Ein Schneckenhaus erinnert sie heute noch an diese Reise.
Sie schrieb damals ihrer Mutter eine Karte mit den Worten:
„Wasser salltig, Eis süs, Uhrlaub Schööön!"

Es war die erste Postkarte, dies sie je schrieb, denn sie fand alles so aufregend und toll, dass sie es unbedingt sofort ihrer Mutter erzählen wollte.

In der Werkstatt gab es einen Chor, den Leni regelmäßig besuchte.
Jeden Donnerstagvormittag war eine Stunde Probe. Leni sang aus voller Brust, wenn auch nicht immer ganz richtig und vor allen Dingen nicht immer ganz textsicher mit.
Die Liebe zum Singen hatte sie wohl von ihrer Mutter geerbt.

Manchmal trat der Chor bei Veranstaltungen auf oder gestaltete einen Gottesdienst.
Für solche Konzerte besaß Leni ein rosarotes Dirndl, das sie dann immer ganz stolz trug. Sie freute sich, wenn zu solchen Anlässen ihre Mutter im Publikum saß, und winkte ihr dann stets ganz aufgeregt zu.
Auch ihr mittlerweile bester Freund Hauke, der immer in der letzten Reihe saß, wurde mit freundlichem Winken begrüßt.

Vor einigen Jahren war Hauke mit seinem Vater von Ost-Berlin nach Bayern gezogen und hatte in der Werkstatt zu arbeiten begonnen. Er fing in der Verwaltung als Bürogehilfe an, denn er hatte ein großes Problem mit der Ansammlung von vielen Menschen, auch Schmutz und Staub konnte er nicht leiden. Er ist Autist.

Hauke ist ein wenig älter als Leni, aber die beiden mochten sich von Anfang an und hatten schnell ihre gemeinsame Leidenschaft für Spiele entdeckt. In der Mittagspause saßen sie oft in der Pausenecke und spielten Memory. Nicht - dass Leni jemals eine Chance gegen Hauke gehabt hätte, sein Merkvermögen war einfach phänomenal, aber das trübte Lenis Freude am gemeinsamen Spielen nicht.
Die beiden trafen sich manchmal auch außerhalb der Werkstätte zu einem Stadtbummel, und Hauke, der ansonsten nicht viel sprach, erklärte Leni Dinge über die Stadt Rosenheim, die er in kürzester Zeit auswendig gelernt hatte – wie alt die Nikolaus-Kirche war, was es mit dem Salz und den Inn-Flößern auf sich hatte und seit wann der Max-Josefs-Platz Fußgängerzone war….

Leni kam aus dem Staunen oft gar nicht mehr heraus. Sie wohnte hier schon ihr Leben lang und wusste solche Dinge nicht.
Hauke konnte sich alles merken, Jahreszahlen, Namen, Orte - und er vergaß all das dann auch nie mehr. Leni bewunderte ihn dafür sehr.

Hauke war außerdem furchtbar ordentlich, alles hatte seinen Platz und musste immer an der gleichen Stelle stehen. Sein Zimmer in der Wohnung, die er sich damals mit seinem alten und bereits kranken Vater teilte, war pikobello aufgeräumt. Seine Wäsche war penibel genau gefaltet und akkurat in den Schrank geräumt.

Wenn hingegen Hauke Leni zuhause besuchte, konnte er sich immer nur wundern über Lenis Unordnung in ihrem Mädchenzimmer. Egal wie oft sie ihm versicherte, dass sie erst geputzt habe, wollte er trotzdem nie etwas anfassen, und wenn sich dies überhaupt nicht vermeiden ließ, ging er anschließend sofort zum Händewaschen.

So unterschiedlich die beiden auch waren, so war es doch eine tiefe Freundschaft, die sie miteinander verband.

3.

Die Jahre vergingen.
Plötzlich wurde Lenis Mutter krank, es wurde Krebs bei ihr festgestellt - der nicht mehr zu operieren war. Leni konnte zwar das Ausmaß der Erkrankung nicht verstehen, aber sie kümmerte sich liebevoll um ihre Mutter.
Diese wusste, alleine würde sie das alles nicht auf Dauer bewältigen können.
Sie hatte, nach dem Tod des Vaters, für solch einen Fall bereits Vorsorge getroffen.
In Sonnwang, einem kleinen Dorf am Chiemsee, wurde damals ein Mehrgenerationenhaus geplant, und Lenis Mutter hatte sich dort auf eine Interessenten-Liste setzten lassen.
Der Gedanke, in einem Haus mit Menschen zu wohnen, die sich gegenseitig unterstützen und helfen, erschien ihr nach dem Tod ihres Mannes eine beruhigende Aussicht für ihr eigenes Alter, und auch für Leni schien ihr dies eine gute Lösung zu sein. Leni würde dort bestimmt Unterstützung erhalten, wenn sie selber einmal nicht mehr alles schaffte.

Die Mutter hatte das kleine Haus, in dem sie wohnten, bereits verkauft und sich Anteile an dem Mehrgenerationen-Haus, sprich eine Wohnung im Erdgeschoss gesichert.
Sie hatte damals jedoch nicht damit gerechnet, diese so schnell zu benötigen.
Wie ein Wink des Schicksals erschien es ihr in diesem Moment, dass das Haus seit vier Monaten bezugsfertig war und sie noch keinen Mieter für die Wohnung gefunden hatte. So konnte sie diese nun für sich und Leni nutzen.
Sie konnte sogar, da sie sich noch einigermaßen bei Kräften fühlte, den Umzug bewältigen.

Lenis Mutter war klar, dass Leni die Tragweite ihrer Erkrankung nicht erfassen konnte, und sie wollte sie damit auch nicht beunruhigen, aber es war ihr wichtig, Leni - für alle Fälle - sicher versorgt und gut aufgehoben zu wissen.

So fuhren sie eines Sonntagnachmittags nach Sonnwang, um das künftige Zuhause zu besichtigen und die anderen Bewohner, die alle schon eingezogen waren, kennenzulernen.

Leni konnte nicht verstehen, warum ihre Mutter aus der Stadt fortziehen wollte, und war verunsichert. Als sie aber in Sonnwang aus dem Auto stieg und die grasenden Kühe hinter dem Haus entdeckte, war sie hellauf begeistert. Sie warf nur kurz einen Blick in die neue Wohnung und sauste erst einmal in den Garten.
Sie lockte die Kühe, die auf der angrenzenden Weide standen und sie neugierig beäugten. Tatsächlich kamen sie interessiert näher, so dass Leni sie streicheln konnte.
Freudestrahlend ließ sie es sich gefallen, dass die Kühe ihre Hände mit ihren rauen Zungen ableckten, und sie betastete vorsichtig die Hörner und Ohren der Kühe. Leni war glücklich, und die Tiere schienen zu spüren, dass Leni ein ganz besonderer Mensch war.

Als Leni zurück in das Haus lief, wurde sie von der Mutter im Flur in Empfang genommen. Sie nahm sie an der Hand und ging mit ihr ein Stockwerk nach unten in den Keller.

Dort sah sie zu ersten Mal ihre künftigen Mitbewohner, die sich zu einem ersten Kennenlernen versammelt hatten.

Im großen Keller des Hauses gab es dafür einen extra eingerichteten Raum mit einer riesigen Eckbank und einem Tisch, an dem sicher 15 Personen Platz fanden. Einige Bewohner des Hauses saßen bereits bei Kaffee und Kuchen und warteten darauf, die Neuankömmlinge zu begrüßen.
Leni versteckte sich schüchtern hinter ihrer Mutter, als sie in den Raum traten und nun von allen neugierig begutachtet wurden.

Leni bekam Schluckauf!!

In diesem Moment kam eine ältere Dame, die anscheinend schlecht sehen konnte, denn sie wurde von einer anderen Frau Mitte Vierzig zu einem Stuhl geführt, auf den sie sich mit einem Seufzer fallen ließ.
Begleitet wurden die beiden von zwei Jungs, die offensichtlich Zwillinge waren, so ähnlich wie sie sich sahen, und einem - noch sehr jungen Mädchen, das unübersehbar schon schwanger war.

Am Tisch saß ein Ehepaar mit einem kleinen Jungen, der sich auf den Schoß des Vaters kuschelte und Leni neugierig musterte. Die Frau war ebenfalls schwanger.

Plötzlich wurden Lenis Augen groß, sie kannte die Frau! Sie hatte sie schon in der Werkstatt gesehen, sie wusste, dass sie Britta hieß.
Sie freute sich über ein bekanntes Gesicht unter all den - für sie fremden Menschen. Vorsichtig winkte sie ihr zu.
Britta nahm daraufhin die Hand ihres Sohnes, und gemeinsam winkten sie zurück.
Zeit für ein näheres Kennenlernen würden sie noch genug haben.
Ein einzelner Herr saß an der Stirnseite des Tisches und schien die Gesprächsführung übernehmen zu wollen.
Als letztes stieß nun ein alter Mann, der eine Art Uniform trug, zu der Gruppe. Er salutierte und setzte sich auf die Bank, ohne auch nur ein Wort von sich zu geben.

Das waren sie also, die ersten Schritte, die Leni und ihre Mutter damals in ihrem neuen Zuhause machten... - über eine Treppe in den Keller, die sie zu all' ihren künftigen Mitbewohnern mit ihren Eigenheiten, Einzigartigkeiten und individuellen Lebensgeschichten führte.

Das sollte der Anfang einer wunderbaren Wohngemeinschaft werden.

Sie lernten Sepp, den Kriminalbeamten, kennen, der nach seiner aufregenden Dienstzeit in München nun die kleine Polizeistation in

Sonnwang leitete und in der Wohnung im ersten Stock wohnte.

Familie Bachmeier, bestehend aus: Oma Bachmeier, die tatsächlich fast blind war, aber hörte wie ein Luchs; die geschiedene, Männer verachtende Mutter Gerda Bachmeier; deren Tochter Gabi, die von einem Hallodri aus dem Dorf geschwängert worden war, kaum, dass sie hier eingezogen waren, und ihre Brüder, die Zwillinge Peter und Hans.
Der Bachmeier-Clan wohnte in der großen Wohnung unter dem Dach.

Dann war da auch noch der schweigsame alte Mann in Uniform, der als General a.D. Herr Detterbeck vorgestellt wurde, der, wie man Leni und ihrer Mutter erzählte, nur bei Besprechungen wortkarg war….
Aber nicht, wenn er alleine in seiner Wohnung lautstark „Krieg" spielte. Weil er schon so alt und dement war, hatte er vergessen, dass er bereits in Pension war.
Er wohnte in der Wohnung über Leni und ihrer Mutter.

Die andere Wohnung im Erdgeschoß wurde von Britta mit ihrem Mann Mike bewohnt.
Er war Architekt und nutzte das große Atelier, das zu der Wohnung gehörte, zum Arbeiten. Sie war Heilerziehungspflegerin und arbeitete in der Behinderten-Werkstatt, war derzeit aber in Mutterschutz.
Gemeinsam hatten sie bereits ihren Sohn Finn und erwarteten in Kürze ihr zweites Kind.

Auf den ersten Blick hätten die Bewohner nicht unterschiedlicher sein können und doch waren sie bereits nach so kurzer Zeit im Mehrgenerationenhaus zu einer tollen, sich gegenseitig unterstützenden Gemeinschaft zusammengewachsen. Hier würden Leni und ihre Mutter ein wunderschönes neues Zuhause finden. Davon waren beide nach diesem ersten Kennenlernen überzeugt. Leni war nun gar nicht mehr traurig über den Umzug, sondern voller freudiger Erwartung.

4

Leider war Lenis Mutter nicht mehr viel Zeit in diesem wunderbaren Haus vergönnt. Bereits nach einem Jahr erlag sie ihrer schweren Erkrankung. Nach dem Tod der Mutter kümmerten sich alle gemeinsam um Leni und halfen ihr, die Trauer zu bewältigen und sich im Alltag zurecht zu finden. Sie wurde zum Essen eingeladen, bekam Unterstützung beim Wäschewaschen und beim Sauberhalten ihrer Wohnung. Spiele-Abende und gemeinsame Ausflüge und Feste sorgten dafür, dass Leni sich zuhause fühlte, immer sicherer wurde und gut zurechtkam.
Leni war hier sicher und geborgen und konnte, begleitet und betreut von ihren Mitbewohnern im „Ich + Du-Haus", wie es von allen liebevoll genannt wurde, alleine und selbstständig wohnen bleiben.

Fast zeitgleich mit dem Tod von Lenis Mutter wurde bei Haukes Vater eine schwere Demenz festgestellt, die sich schleichend entwickelt hatte und nun einen rasanten Verlauf nahm. Hauke hatte seinen Vater, so gut es ging, versorgt, aber die Betreuung wurde immer umfangreicher, so dass Hauke ihr nicht mehr gewachsen war. Sein Vater musste in ein Altenheim verlegt werden, da er seinen Sohn kaum noch erkannte und dazu neigte, wegzulaufen.

Hauke sollte in ein Wohnheim für Menschen mit Behinderung ziehen, passte aber aufgrund seines Autismus in keine Wohngruppe wirklich gut. So kam es, dass der Versuch gemacht wurde, ob er sich mit Leni die große Vier-Zimmer-Wohnung teilen könnte. Und siehe da, es klappte hervorragend. Die beiden hatten sich gerne, hielten gut zusammen und ergänzten sich in vielerlei Hinsicht.

Sie bekamen Unterstützung von einem Team von Mitarbeitern des ambulant betreuten Wohnens.
Die rechtliche Vormundschaft für ihn übernahm auf seinen ausdrücklichen Wunsch hin Britta.
Sie hatte diese auch schon für Leni übernommen, wie sie es Lenis Mutter -

vor deren Tod - versprochen hatte.

Weil sie wegen ihrer Kinder derzeit in Mutterschutz und sowieso zuhause war, konnte sie sich umfassend um die beiden kümmern, bis sie sicherer und selbstständiger in ihrem Leben waren. Dies war für alle Beteiligten eine hervorragende Lösung.

So schnell war dann die Zeit vergangen. Zwei Kinder waren im „Ich + Du-Haus" auf die Welt gekommen, Hans und Peter, die Zwillinge, waren richtige Lausbuben im Teenager-Alter geworden, und Leni und Hauke??

Diese beiden hatten gerade gemeinsam mit ihren Mitbewohnern ein riesiges Abenteuer erlebt und Gott sei Dank unbeschadet überstanden.
Lenis alt-bekannte Neugierde hatte zur Verwicklung in einen Entführungsfall geführt.
Leni und Hauke waren bei ihren eigenmächtigen Ermittlungen von den Tätern ebenfalls gekidnappt und mit Johanna, dem Entführungsopfer, gemeinsam gefangen gehalten worden.

Leni konnte entkommen und durch ihren erstaunlichen Mut dazu beitragen, dass Johanna und Hauke wieder befreit wurden.
Durch ihre Aussagen und Beobachtungen konnte Leni entscheidend zur Auflösung des Falles und zur Verhaftung der Täter beitragen.

Es folgten daraufhin eine Ehrung durch den Polizeipräsidenten, eine Ernennung zur Ehrenpolizistin und ein großer Presserummel. Bis endlich wieder Ruhe einkehrte - in dem beschaulichen Dörfchen Sonnwang am Chiemsee -

5.

Leni lag nun also, wie jeden Morgen, in ihrem rosaroten Prinzessinnenbett und streckte sich ausgiebig.
Ihr Blick fiel auf die Polizeimütze auf ihrem Nachttisch und die Urkunde an der Wand.

Sie setzte sie sich auf und dachte über die Ereignisse der letzten Zeit nach.

Drei Wochen war es mittlerweile her, dass sie und Hauke mitten in die Entführung von Johanna geraten waren. Gott sei Dank war alles gut ausgegangen.
Noch Tage danach gab es immer wieder Aufregung im „Ich + Du-Haus".
Kriminalbeamte waren gekommen, um nochmals nach Einzelheiten zu fragen. Reporter der Rosenheimer Tageszeitung hatten sie besucht und Fotos von ihr, gemeinsam mit Hauke, gemacht. In der Behindertenwerkstätte musste sie im großen Speisesaal vor allen Arbeitskollegen die Geschichte noch einmal ausführlich erzählen und wurde mit Lob und Applaus überschüttet.

Selbst im „Ich + Du-Haus" wurde sie einige Zeit wie ein Star behandelt.
Dies lag aber wohl eher daran, dass alle so erleichtert waren, dass ihr nichts geschehen und sie gemeinsam mit Hauke heil aus der Sache herausgekommen war.

Mama und Oma Bachmeier hatten aus der ganzen Geschichte ihre eigenen Schlüsse gezogen und waren nun noch besorgter, wenn Gabi, Gerdas siebzehnjährige Tochter, abends das Haus verließ.
Das geschah Gott sei Dank nur selten, da diese bereits ganz jung Mama geworden war und sich um ihren Sohn Luggi kümmern musste.
Dieser war mit seinen sieben Monaten von all der Aufregung völlig unbeeindruckt und forderte die ganze Aufmerksamkeit seiner Mama.

Oma Bachmeier, die sehr schlecht sehen konnte, aber umso besser hörte, ermahnte Gabi nun täglich zur Vorsicht, und Mama Gerdi intensivierte ihre Vorträge über die Schlechtigkeit der Männer.
Die Zwillingsbrüder Hans und Peter betrachteten Leni, selbst nach drei Wochen, noch mit großer Ehrfurcht, denn mit ihren 14 Jahren konnten sie gar nicht fassen, dass Leni, trotz ihrer Behinderung, so mutig gewesen war.

Herr Detterbeck, ganz General, salutierte die ersten Tage sogar vor Leni.
Mittlerweile hatte er aber, aufgrund seiner Demenz - die ganze Geschichte

längst vergessen und widmete sich wieder ausschließlich dem fiktiven Kriegsgeschehen in seiner Gedankenwelt.

Britta, die als rechtliche Betreuung die Verantwortung für Leni und Hauke hatte, führte in den letzten Wochen viele lange Gespräche mit den beiden. Standpauken oder Belehrungen waren nicht nötig, da Hauke und Leni sich sicher waren, dass sie nie wieder etwas mit Verbrechern zu tun haben wollten. Beide versprachen hoch und heilig, künftig vorsichtig zu sein. Britta jedoch kam erst Tage später zur Ruhe und konnte wieder schlafen. Sie hatte sich große Sorgen gemacht.
Die Vorstellung, was alles hätte passieren können, trieb ihr immer wieder Tränen in die Augen.
Ihr Mann Mike und die beiden Kinder Finn und Marie mussten sie oft trösten.

Sepp, ganz Kriminalkommissar, betrachtete die Dinge aus beruflicher Sicht. Er verfolgte die weiteren Vernehmungen der Entführer, besuchte Johanna bei ihren Eltern in München, traf sich mit den Kommissaren der SOKO Johanna und machte sich Notizen über Notizen.
Da er so nah an dem Fall dran war, wollte er alles ganz gründlich und genau aufklären. Er wollte damit allen zeigen, dass selbst die kleine Polizeistation in Sonnwang mit drei, nein, eigentlich nur zweieinhalb Polizisten gute Arbeit leisten konnten.

Er hatte seine Arbeit so gut gemacht, dass zehn Tage nach Abschluss des Falls eine Einladung ins Haus flatterte. Er wurde mit Martl, dem Nebenerwerbs-Landwirts-Polizisten und Fritz, dem Polizisten-Azubi, nach München ins Präsidium eingeladen und für die hervorragende Arbeit geehrt.

Auch Leni war miteingeladen und hatte ebenfalls eine Ehrung und eine Urkunde erhalten. Sie bekam die Lebensretter-Medaille überreicht. Beides hing nun über ihrem Bett an der Wand und erinnerte sie täglich an das überstandene Abenteuer.

So fiel auch heute Morgen wieder Lenis Blick auf die Urkunde an der Wand. Ja, ein wenig stolz war sie immer noch, aber jetzt war es trotzdem dringend

Zeit, aufzustehen. In einer halben Stunde kam der Bus, der sie und Hauke zur Arbeit brachte, und wenn sie nicht pünktlich an der Bushaltestelle stand, würde es wieder Ärger mit Hauke geben.
Dieser war bestimmt schon fix und fertig angezogen und wartete nervös, dass Leni endlich aus den Federn kam.

6.

Leni sprang aus dem Bett und lief Richtung Bad.
Tatsächlich stand Hauke schon mit gepacktem Rucksack im Flur und sah sie vorwurfsvoll an.
Das Müsli würde sie heute wohl mit kalter Milch essen müssen…
Nach einer Katzenwäsche, die Hauke niemals geduldet hätte, zog sie sich in Windeseile an, schüttete Müsli in ihre selbstgetöpferte Schüssel und füllte sie mit kalter Milch auf. Stehend beeilte sie sich mit ihrem Frühstück, um Hauke nicht noch mehr zu verärgern.
Wenn dieser nicht seine gewohnten Abläufe hatte, kam er für den restlichen Tag völlig durcheinander.
Das wollte Leni nicht verantworten.

Wie sie so, an das Küchenregal gelehnt, ihr Müsli in sich hineinstopfte, fiel ihr ein, dass heute ja ein ganz besonderer Tag war.

Sie durfte ein Praktikum im Krankenhaus machen.

Die Werkstatt hatte einige Mitarbeiter ausgewählt, um eine Außen-Arbeitsgruppe zu bilden, die dem Reinigungspersonal in der Klinik zur Hand gehen sollte.
Leni, die, neugierig wie immer, sich sofort dafür gemeldet hatte, freute sich schon sehr.
Sie interessierte sich für Menschen und deren Geschichten und fand es spannend, etwas Neues auszuprobieren.

Außerdem dachte sie an die vielen kranken Leute dort im Krankenhaus, denen es bestimmt Freude machen würde, wenn sie ihnen hin und wieder ein Lied vorsang. Vielleicht tröstete sie das, wenn sie traurig waren.
Ja, Leni konnte besonders gut trösten, das hatte sie schon oft bewiesen.

Aber jetzt musste sie sich wirklich beeilen!

Nun doch nervös geworden, schickte Leni sich an, rechtzeitig beim Bus zu sein.
Hauke staunte nicht schlecht, als sie bereits nach fünf Minuten fix und fertig angezogen die Haustüre aufriss und losrannte. Verunsichert stolperte er hinter ihr her ins Treppenhaus. „Hauke, beeil dich, ich darf doch heut im Krankenhaus arbeiten, ich kann auf keinen Fall zu spät kommen!" rief Leni ihm über die Schulter zu.

In der Werkstatt sollten sich alle sechs Mitarbeiter der „Gruppe Krankenhaus" treffen und dann gemeinsam mit einem Kleinbus zur Klinik fahren.
Durch die Aufregung wegen des Entführungsfalles war Leni bei den ersten Kennenlernen-Treffen der neuen Mitarbeiter nicht dabei gewesen und kannte deshalb nur zwei ihrer künftigen Arbeitskollegen.
So war es nicht verwunderlich, dass sie angespannt, aber auch freudig aufgeregt dem ersten Arbeitstag entgegenfieberte.

Im Eingangsbereich der Werkstatt stand bereits ein kleines Grüppchen beieinander. Leni konnte ihre Freundin Margarethe und ihren Kollegen David ausmachen und steuerte nun direkt auf die Gruppe zu.
Die neue Leitung der Werkstatt-Außenarbeitsgruppe, Frau Berger, erwartete sie bereits.

Die drei Kollegen, die sie noch nicht kannte, stellen sich ihr vor.
Da war Niklas, ein junger Mann Anfang dreißig, ebenfalls mit Trisomie 21 und auf den ersten Blick sehr sympathisch.
Susanna hingegen war eine hochgewachsene und ernst dreinblickende Frau, circa 50 Jahre alt, mit einer psychischen Beeinträchtigung. Sie nahm

nur kurz Notiz von Leni und schaute dann wieder verbissen zu Boden. Nein, dachte Leni, die wird wohl nicht meine Freundin sein….

Als dritte im Bunde stellte sich Elena vor, eine sehr kleine, gedrungene, aber fröhlich wirkende Griechin. Sie war Ende dreißig und hatte ebenfalls das Down-Syndrom. Elena sprach ein sehr lustiges Deutsch, wie Leni fand. Sie lispelte ein wenig, worüber Leni schmunzeln musste. Mit ihr konnte man bestimmt viel Spaß haben

Das war sie also, die neue Klinik-Truppe, motiviert und einsatzbereit!

Frau Berger erklärte ihnen nun, wie der heutige Tag- verlaufen würde.
Sie würden zum Krankenhaus fahren - und die dortigen Reinigungskräfte kennenlernen.
Heute, am ersten Tag, musste noch nicht viel gearbeitet werden, sondern sie durften die Räumlichkeiten der Klinik erkunden und ihre künftigen Aufgaben kennenlernen. Dafür sollten sie sich nun in Zweier-Teams einteilen, in denen sie ab morgen arbeiten würden.

Frau Berger überließ es den Sechs eigenverantwortlich, sich zu Paaren zusammenzuschließen.
Leni, die neugierig ihre neuen Kollegen begutachtete und sich über jeden so ihre Gedanken machte, war abgelenkt und hörte nicht zu, was Frau Berger ihnen erzählte.
Deshalb war sie sehr verwundert, dass die anderen ihre Entscheidungen schon getroffen hatten und sie plötzlich mit Niklas als Partner übrigblieb.

Sie war - wie selbstverständlich davon ausgegangen, mit ihrer Freundin Margarethe zusammen-zu-arbeiten. Verunsichert stand sie nun mitten im Raum neben eine - ihr fremden jungen Mann.
Margarethe und sie hatten sich doch gemeinsam für dieses Projekt der Werkstätte beworben, und schon seit Langem Pläne für die kommende Zeit geschmiedet.

Margarethe und Leni waren seit dem Umzug nach Sonnwang befreundet.
Margarethe wohnte mit ihren Eltern im Nachbardorf und fuhr mit demselben

Bus zur Behindertenwerkstätte wie Leni.
Es hatte nicht lange gedauert, und die beiden hatten sich angefreundet.

Margarethe tat Leni gut, denn sie war der Ausgleich zu dem oft- in sich gekehrten und stillen Hauke.

Die jungen Frauen hatten sich stets etwas zu erzählen oder tuschelten im Bus über Kollegen, Mitfahrer oder Bewohner des Dorfes, und sie konnten in den Arbeitspausen über die einfachsten Dinge lachen.
Sie besuchten sich nach der Arbeit oder an den Wochenenden, liehen sich ihre schönsten Kleider aus und machten sich gegenseitig aufwendige Flechtfrisuren.

Margarethe, die eine leichte Lernbehinderung und eine Spastik in der rechten Körperhälfte hatte, war mit Anfang Zwanzig die jüngste in der Truppe und kannte die anderen Kollegen, die nun in der „Arbeitsgruppe Krankenhaus" waren, ebenso wie Leni nur vom Sehen.

Umso erstaunlicher war es nun, dass Margarethe sich ganz schnell für David als Arbeitspartner entschieden hatte und keine Anstalten machte, mit Leni gemeinsam ein Team bilden zu wollen.

Margarethe hatte schon seit langem eine heimliche Schwäche für den großen, schlaksigen, sehr wortkargen Mann, den sie immer mittags in der Kantine der Werkstatt sah und der ihr ausnehmend gut gefiel.
Nicht einmal Leni hatte sie bisher in ihre Schwärmerei eingeweiht.
Jetzt aber, da sich die Gelegenheit ergab, mehr Zeit mit ihm zu verbringen, hatte sie allen Mut zusammengenommen und sich gemeldet, als er fragte, wer mit ihm arbeiten wolle.

David war Anfang dreißig, hatte eine Lernbehinderung und auf einem Auge ein eingeschränktes Sehvermögen, welches beides nach der Entfernung eines Gehirntumors im Kindesalter zurückgeblieben war.
Er schien sich zu freuen, mit Margarethe, die alle eigentlich nur Gretl nannten, zusammenarbeiten zu können, und er kommentierte ihre Meldung

mit einem kurzen, freundlichen Nicken.

Elena und Susanna hatten bereits in der Werkstätte in derselben Gruppe zusammengearbeitet und hatten schon lange beschlossen, auch hier zusammen-arbeiten zu wollen.

So kam es, dass Leni und Niklas übrigblieben.
Sie kannten sich bisher noch nicht und beäugten sich nun neugierig.
Niklas war größer als Leni, was auch nicht schwer war, denn Leni war nur knapp einen Meter fünfzig groß.
Er hatte große braune Augen, die hinter einer relativ dicken, aber sehr bunten Brille versteckt waren, und er trug ziemlich flippige Kleidung, wie Leni bei der ersten Begutachtung feststellte. Er hatte eine Jeans mit Löchern und ein buntes Batik-Shirt an.
Auf dem Kopf trug er eine Baseball-Kappe, die er frech- mit dem Schirm zur Seite trug. Um den Hals hatte er eine Kette aus lauter bunten Perlen. Leni dachte so bei sich, wie schön es war, dass er so viele Farben mochte.
Er hatte bestimmt auch so ein buntes Zimmer zuhause wie sie.
Wenn sie ihn mit Hauke verglich, war er ein richtiger Paradiesvogel.

Niklas wirkte ebenfalls neugierig, musterte Leni von oben bis unten und meinte dann trocken: „Ganz schön viel rosa bei dir...!", mit Blick auf Lenis rosaroten Rock, die rosa Strickweste und zuletzt die rosaroten Turnschuhe.
„Du musst gerade reden!" konterte Leni, damit war alles gesagt, und die beiden mussten lachen. Das waren gute Voraussetzungen dafür, dass die Zusammenarbeit schon klappen würde.

7.

So kam es, dass die neuen Kollegen mit einem kleinen Bus ins nahe gelegene Krankenhaus gefahren wurden und, dort ihre praktische, hellblaue Arbeitskleidung erhielten, um dann, in unterschiedlichen Stationen den Reinigungskräften zur Unterstützung an die Seite gestellt zu werden.

Susanna und Elena wurden im zweiten Stock eingeteilt, auf einer Station der Orthopädie, und verschwanden ohne weitere Worte im Aufzug.

Margarethe und David wurden im dritten Stock der Abteilung für innere Medizin zugewiesen, und Leni und Niklas fuhren mit dem Aufzug in den ersten Stock in eine ebenfalls orthopädische Abteilung. Diese Abteilung war so groß, dass sie sich über den kompletten ersten Stock erstreckte und nur vom Treppenhaus in zwei Bereiche unterteilt wurde.

Hier wurden Leni und Niklas von den zwei Stationsreinigungskräften und einer Krankenschwester in Empfang genommen. Leni durfte sich in der Damenumkleide die hellblaue Hose und das hemdähnliche Oberteil anziehen und bekam einen eigenen Schrank zugeteilt, in dem sie ihre Kleidung und ihre persönlichen Habseligkeiten während der Arbeit wegschließen konnte.

Niklas wurde dafür mit in die Männerumkleide geführt.
Als beide, fertig eingekleidet, wieder in dem langen Krankenhausflur erschienen, gab es eine allgemeine, sehr herzliche Vorstellungsrunde aller künftigen Kollegen.

Manda und Anna, so hießen die beiden Putzfrauen, kamen aus Kroatien und waren sehr fröhlich. Sie plauderten gleich munter drauf los und schienen keinerlei Berührungsängste gegenüber den beiden neuen, beeinträchtigten Kollegen zu haben.
Sie freuten sich eher über die künftige Unterstützung.

Die Stationsschwester hieß Barbara und machte auf den ersten Blick einen strengen Eindruck. Leni dachte sich, dass das wohl so sein müsse bei der ganzen Verantwortung, die die Schwester trug.
Leni ging spontan auf Barbara zu und umarmte sie ganz fest, worüber diese sehr lachen musste. Damit schien das Eis vorerst einmal gebrochen.
Barbara schüttelte nun auch Niklas die Hand und meinte mit einem Augenzwinkern, er solle seine freche Kappe lieber im Spind lassen. Er

würde stattdessen ein ganz schickes weißes Käppi vom Krankenhaus erhalten. Niklas zog von dannen und kam dann mit einer schneeweißen Schirmmütze aus der Umkleide zurück. Seinem Gesichtsausdruck nach entsprach sie absolut nicht seinen modischen Vorstellungen...

Jetzt begann der Stationsrundgang. Anna und Manda zeigten Leni und Niklas die Reinigungsräume, erklärten ihnen den riesigen Putzwagen, in dem alle Utensilien, die sie für die Reinigung benötigten, verstaut waren und erklärten ihnen die verschiedenen Reinigungsmittel.
Dann machte sich Niklas mit Anna auf den Weg links den Gang entlang, und sie begannen mit der Reinigung der Handläufe und des Fußbodens.
Leni und Manda öffneten das erste Zimmer auf der rechten Seite des Flures.
Jetzt ging es also los, das viel erhoffte und lang ersehnte Praktikum im Krankenhaus. Leni hüpfte aufgeregt von einem Bein aufs andere und bekam Schluckauf....

Im Zimmer befand sich nur ein Bett, obwohl sicher noch zwei Platz gehabt hätten, und in diesem lag eine ältere Dame und schlief.
Leni, die mittlerweile aufgehört hatte zu hicksen, beäugte die Dame vorsichtig. Sie sah so zart und zerbrechlich aus.
Lenis erste Aufgabe war es, das Nachtkästchen abzuwischen, deshalb ging sie auf Zehenspitzen um das Bett herum, um die blasse, schlafende Frau nicht zu wecken, dabei ließ sie sie keine Sekunde aus den Augen.
Prompt stieß sie mit der Hüfte an den Rand des Bettes, das sich daraufhin ruckartig verschob.

Die alte Dame schrie erschrocken auf und gab einen Schmerzenslaut von sich. Leni hielt sich vor Schreck die Hände vor den Mund und stand stocksteif neben dem Bett.
Als die Dame gerade zu schimpfen beginnen wollte, sah sie Leni genauer an, sofort wurden ihre Gesichtszüge milder, und sie sagte: „Ist nicht so schlimm, ich bin nur erschrocken, wie heißt du denn?"
Leni stand da und bekam erneut Schluckauf: Den bekam sie immer, wenn sie etwas ausgefressen oder ein schlechtes Gewissen hatte...
„Hicks, ich bin Leni, hicks, und es tut mir, hicks, ganz sehr leid!!"

Manda war nun ebenfalls ans Bett der alten Dame getreten und versuchte zu erklären, dass Leni heute ihren ersten Arbeitstag als Reinigungskraft-Assistentin habe und sie beim nächsten Mal bestimmt besser aufpassen würde.
Die vorhin noch so fröhliche Manda warf Leni einen vorwurfsvollen Blick zu.

Doch noch ehe sie wirklich mit Leni schimpfen konnte, hatte Frau, Baier, so hieß die Dame, ihre Nachtkästchenschublade geöffnet und Leni einen Apfel in die Hand gedrückt mit den Worten: „Vielleicht magst du ihn essen, ich kann ihn mit den Dritten so schlecht beißen!"

Schnell entspannte sich die Lage, und Leni nahm dankbar den Apfel, steckte ihn in ihre Tasche und begann, das Nachtkästchen zu reinigen.
Frau Baier lehnte sich mit einem Seufzer wieder in ihr Kissen zurück, nun war es an ihr, Leni zu beobachten, wie sie bemüht und mit der Zunge zwischen den Zähnen das Nachtkästchen abwischte und die darauf liegenden Gläser und Zeitungen auf die Seite rutschte, stets darauf bedacht, alles wieder genau an dieselbe Stelle zurückzulegen. Hauke wäre stolz auf sie…

Plötzlich blickte sie auf und sah Frau Baier interessiert an: „Was fehlt dir denn?"
Frau Baier antwortete lächelnd: "Mir fehlt nichts, ich habe sogar etwas bekommen, eine neue Hüfte! Ich habe noch Schmerzen von der Operation, aber morgen darf ich auf Reha und dann lerne ich wieder vernünftig laufen, so dass ich in mein kleines Häuschen zurückkann!"

Jetzt staunte Leni nicht schlecht, man bekam sogar etwas im Krankenhaus!?
Das hatte sie nicht gewusst, sie hatte gedacht, es würden nur Dinge herausgeschnitten, wie damals bei ihrer Mutter der Blinddarm.
Sie fragte aber gleich weiter: "Warum bist du denn ganz alleine in dem großen Zimmer?"
Frau Baier erzählte ihr, dass eine weitere Frau mit ihr das Zimmer teile, aber diese heute ebenfalls eine Hüft-Operation habe und wahrscheinlich erst morgen wieder von der Intensivstation in das Zimmer zurückkehren würde.

Leni war mittlerweile fertig mit dem Nachtkästchen und wurde von Manda gebeten, auch das Fensterbrett zu reinigen. Dies ging ganz schnell, da nichts darauf stand. Am Fenster auf der anderen Seite des Zimmers hingegen standen einige Blumensträuße. Leni fragte, ob Frau Baier gerne einen davon hätte, weil es bei ihr so leer sei, aber diese verneinte und sagte, dass die Blumen alle ihrer Bettnachbarin gehörten.

„Warum hast du denn keine Blumen?" fragte Leni irritiert.

„Ich habe niemand, der mit Blumen bringen könnte!" sagte Frau Baier ganz leise.

Da war sie bei Leni gerade an die Richtige gekommen...

Die fand es ganz traurig, dass die arme Frau Baier so alleine hier war. Tröstend strich sie ihr mit der Hand über die Wange und sagte, dass sie morgen wiederkommen und ihr ebenfalls Blumen bringen würde, ganz bestimmt!!

Manda, die in der Zwischenzeit das Bad geputzt hatte, musste Leni an ihre Arbeit erinnern.

Sie ermahnte sie, sich zu beeilen, weil ja noch viele Zimmer zu reinigen waren.

Mit einem Seitenblick sah Manda, dass in Frau Baiers Augen Tränen glitzerten und sie bestimmt gerne etwas mehr von sich erzählt hätte.

Auch Leni schien die Tränen bemerkt zu haben, denn sie begann zu singen. Eines ihrer Lieblings-Kinderlieder, welches ihr ihre Mutter immer vorgesungen hatte, wenn sie traurig war, oder sich weh getan hatte.

Erst leise und dann voller Inbrunst schmetterte sie: „Heile, heile Gänschen, hab doch etwas Mut, wackelt mit dem Schwänzchen, alles wird schon gut...!"

Frau Baier sah sie erst erstaunt an und musste dann lächeln.

Lenis Lied hatte, wie schon so oft, seine Wirkung nicht verfehlt.

Als Manda, mit dem Wischmopp große Bögen auf dem Boden wischend, auf Leni zu-kam und ihr bedeutete, dass dieses Zimmer nun fertig sei, beugte diese sich noch schnell über Frau Baier, streichelte erneut über ihre Wange, zwinkerte ihr verschwörerisch zu, sprang dann behände über den Schrubber und eilte zur Tür.

Das war erst das erste Zimmer gewesen, was würde sie nur in all den anderen Zimmern erwarten, sie war schon ganz aufgeregt.

Leni kam an diesem ersten Arbeitstag vormittags noch in zwei weitere Zimmer, in denen sie, nun schon etwas vorsichtiger, ans Werk ging.

Sie stürmte mittlerweile nicht mehr in die Zimmer, sondern öffnete leise die Türe und begrüßte die Herrschaften, die dort lagen oder saßen, mit einem freundlichen „Guten Morgen!" wie Manda es ihr empfohlen hatte.

Sie hatte schnell verinnerlicht, was ihre Aufgaben waren: Nachtkästchen und Fensterbretter reinigen und, Abfalleimer oder Tüten, die an den Nachtkästchen hingen, entleeren.
Währenddessen unterhielt sie sich mit den Patienten und erfuhr viele Krankengeschichten. Sie war verwundert, was man sich alles brechen konnte oder, was man alles operierte, und sie lernte Körperteile kennen, von denen sie noch nie etwas gehört hatte, wie z.B. die Achillessehne.
Sie würde heute Abend Hauke viel zu erzählen haben.

Bei all den unterschiedlichen Geschichten musste Leni trotzdem immer wieder an Frau Baier denken, niemand sollte so alleine sein! Keine einzige Blumenvase hatte an ihrem Fenster gestanden. Leni seufzte traurig.

8.

Der Vormittag verging wie im Flug, und ehe Leni sich versah, war es Mittag geworden. Im Flur wartete schon Niklas auf sie. Alle Kollegen, auch Leni und ihre Mitstreiter, durften in der großen Krankenhaus-Kantine zu Mittag essen. Dazu fuhren sie nun gemeinsam mit dem Aufzug in den Keller.
Dort wimmelte es nur so von weiß-gekleideten Schwestern und Pflegern, blauen Angestellten, von denen Leni noch nicht wusste, was deren Aufgabe

war, Ärzten in schicken Kitteln mit Stethoskopen um den Hals, und den hellblauen Putzkolonnen-Mitarbeitern.

Es gab drei Gerichte zur Auswahl, Leni konnte ihr Glück gar nicht fassen! Ausgerechnet heute an ihrem allerersten Arbeitstag gab es Rohrnudeln mit Zwetschgen-Kompott. Ihr absolutes Leibgericht.

Manda erklärte ihr und Niklas, wo sie Tablett und Teller bekamen, und vereinbarte mit ihnen, sich an dem Tisch in der Ecke, wo schon Margarethe und David saßen, zu treffen.

Leni stellte sich in der Schlange an und freute sich auf das Mittagessen, Niklas stand noch etwas unschlüssig vor der Auswahl-Tafel und brummelte vor sich hin.

Es gab Schnitzel, seine Leibspeise, aber es gab Bratkartoffeln dazu statt Pommes. Dies war eine Beilage, die war er nicht gewohnt, damit musste er sich erst anfreunden.

Dann schob er seine weiße Krankenhauskappe mit dem Schirm zur Seite und murmelte: "Was soll's!", belud seinen Teller und stapfte zu den anderen.

Als letztes kamen auch Susana und Elena mit ihren Tabletts an den Tisch.

Elena plapperte mit ihrem lustigen Akzent munter drauf los und erzählte gleich von ihren Erlebnissen.

Susannas Laune hingegen schien sich seit dem Morgen sogar noch verschlechtert zu haben. Finster dreinblickend, aß sie wortlos ihr Mittagessen. Sie hatte sich nur einen großen Teller Salat geholt.

Leni dachte, während sie Susanna so beim Essen zusah, dass ihr eine Süßspeise vielleicht ein Lächeln ins Gesicht gezaubert hätte…

Aber- wenn man Susanna genauer anschaute, hatte sie irgendwie Hasen-zähne, dann passte das mit dem Salat ja wieder.

Leni musste schmunzeln.

Nach dem Mittagessen hatten sie eine halbe Stunde Freizeit und konnten bei dem schönen Wetter in die große Gartenanlage gehen, die zum Krankenhaus gehörte. Satt und zufrieden marschierten sie los. Niklas setzte sich auf die erste Parkbank, holte einen Walkman aus der Jackentasche und setzte die Kopfhörer auf, er wollte nicht laufen, sondern lieber sein Hörbuch anhören

Margarethe ging, David verliebt anhimmelnd, mit ihm ein Stück spazieren.

Von Susanna war nichts zu sehen, und Elena unterhielt sich mit einer griechischen Putzfrau in ihrer Muttersprache. Man hörte dabei von dem Lispeln kaum mehr etwas, im Gegenteil, Leni fand, dass sich die Sprache sehr schön anhörte.

Sie beschloss, alleine ein Stück durch den Park zu bummeln und sich umzusehen.

Sie ging durch einen bunten Steingarten, Bienen und Schmetterlinge tummelten sich auf den Blüten. Leni beobachtete sie und freute sich an dem Gebrumme und Gesumme.

Langsam schlenderte sie weiter und kam zu einem Springbrunnen, der von einem wunderschönen Rosenbeet eingerahmt war.

Versonnen lauschte Leni dem Plätschern des Wassers und bestaunte die Farben und Formenvielfalt der Rosen, und plötzlich hatte sie eine Idee…

Sie könnte doch, wenn niemand hersah, ein paar der schönen Rosen für Frau Baier….

Gesagt, getan.

Leni schaute sich um. Es war weit und breit niemand zu sehen, also schnell die Gelegenheit beim Schopf gepackt.

Die roten und die gelben Rosen am Rand waren ja ganz hübsch, ab die rosafarbenen dort hinten im Beet, die waren so wunderschön.

Leni stieg über die Rosenbüsche am Rand und versuchte ganz nach hinten zu gelangen.

Dabei hatte sie aber nicht mit der Wehrhaftigkeit der Rosen gerechnet.

Diese verhakten sich in ihrer Hose, hielten sie fest und zerkratzten ihre Waden und die Arme, als sie versuchte, sich zu befreien.

Verflixt, die neue Arbeitshose hatte einen Riss bekommen und von ihrem rechten Unterarm tropfte Blut auf ihr nagelneues Oberteil.

Sie war nun schon fast in der hintersten Reihe angekommen, jetzt konnte und durfte sie nicht aufgeben.

Da waren sie, rosa und duftend, die schönsten Rosen, die Leni je gesehen hatte.

Sie bückte sich, um ein Paar der Rosen zu pflücken, doch das war gar nicht so einfach, wie sie sich das vorgestellt hatte.

Die Rosen hatten viele Dornen und ließen sich nicht einfach so abbrechen. Leni mühte sich und zog und rupfte, mit dem Erfolg, dass sie einer Rose den Kopf abbrach, wofür sie sich sofort entschuldigte, auch einen Käfer hatte sie mit ihrem Gezerre einfach zu Boden geworfen.

Sorgsam hob sie ihn wieder auf und setzte ihn auf eine andere Blüte.

Gerade als sie dachte, jetzt schaff ich es, kam mit lautem Geknatter ein dreirädriges Gefährt um die Kurve gefahren.

Darauf saß ein Mann in grünen Latzhosen, mit einem Strohhut auf dem Kopf. Oh nein, das musste der Gärtner sein. Schnell versuchte sie, wenigstens noch eine Rose zu ergattern.

Der unbekannte Mann beobachtete im Näherkommen aufmerksam Lenis Bemühungen, eine der Rosen abzubrechen.

Als er am Beet ankam, stieg er von seinem Karren und rief in einem tiefen sonoren Bass: „Ja was machst denn da? Du Lausdirndl! Wia hamm-as denn da?"

Leni, die schon das Schlimmste befürchtet hatte, ließ sofort die Rose los, welche daraufhin mit gebrochenem Stiel zur Seite wegknickte.

Noch ein Opfer!

Leni stand nun im Rosenbeet inmitten blühender Schönheiten, mit blutenden Armen, einer zerrissenen Hose und … Schluckauf!

Sie hatte so eine Angst, dass sie vor lauter Schluckauf erst einmal nicht antworten konnte und einfach nur dastand, die Hände vors Gesicht gepresst und, wortlos vor sich hin hicksend, zum Gärtner starrte.

Dieser schien nun Lenis Behinderung zu bemerken und schlug etwas sanftere Töne an. „Ja wo kommst du denn her?" fragte er nun deutlich milder.

Leni stotterte und versuche ihm zu erklären, dass sie heute ihren ersten Arbeitstag habe und doch nur Blumen für Frau Baier pflücken wollte und dass sie es nicht geschafft hatte und jetzt die Hose kaputt ist und sie bestimmt Ärger bekommt - und dann begann sie zu weinen.

Der Gärtner streckte ihr nun seine Hand entgegen und half ihr aus dem Beet heraus, doch auch er konnte nicht verhindern, dass weitere kleine Risse in der neuen Hose hinzukamen.

Als Leni endlich wieder sicher auf dem Weg stand, fragte er sie erneut, woher sie komme, er war aus dem Gestammel von vorhin nicht schlau geworden.

Leni erklärte ihm noch einmal, warum sie in das Beet geklettert war, und fügte noch hinzu, dass Rosa ihre Lieblingsfarbe sei und sie deshalb bis nach ganz hinten gestiegen war.

Auch für wen und warum sie die Blumen pflücken wollte, erklärte sie ihm unter gleichmäßigem Hicksen.

Jetzt verstand der Gärtner und war ganz gerührt. Er ging zu seinem Wagen, holte eine Rosenschere und stieg über die Büsche hinweg ganz nach hinten ins Beet; dort schnitt er fünf der schönsten rosaroten Rosen, die er finden konnte, und brachte sie Leni.

„Bring sie Deiner Frau Baier und sag ihr, dass wir jetzt schon zu zweit sind, die an sie denken und die ihr Blumen bringen." Er drückte Leni kurz, stieg dann auf seinen Karren und fuhr winkend weiter in den hinteren Teil des Parks.

9.

Leni konnte ihr Glück erst gar nicht fassen, sie hatte die schönsten Rosen in der Hand, die sie sich nur vorstellen konnte, aber als sie an sich hinunterblickte, wurde ihre Freude jäh gebremst.

Ihre Hose war schmutzverschmiert und wies einige kleine, aber auch zwei sehr große Risse auf. Auf ihrem hellblauen Oberteil verteilten sich kleine und große Blutflecke, und an der Seite war ebenfalls ein Riss.

Oh je, wie sollte sie das nur Frau Berger, Manda und erst Schwester Barbara erklären? Sie hatte nur einen Arbeitsanzug bekommen, der zweite zum Wechseln- war erst für nächste Woche bestellt. Es gab also nicht die Möglichkeit, wenigstens zu versuchen, sich in die Umkleide zu schleichen und sich umzuziehen.

Sie musste, so schmutzig wie sie war und mit blutigen Armen, zurück auf die Station - Na, das würde Ärger geben...

Langsam schlich sie, mit eingezogenem Kopf zum Personaleingang des Krankenhauses, begleitet nur von ihrem schlechten Gewissen und dem Hicksen des unaufhörlich anhaltenden Schluckaufs.

Sie schaffte es gerade noch, ungesehen im Aufzug zu verschwinden und in den zweiten Stock zu fahren, doch kaum öffnete sich die Fahrstuhltüre, lief sie direkt in die Arme von Schwester Barbara.

Diese erschrak im ersten Moment, als sie Leni erblickte, aber nach einer Schrecksekunde begann sie auch schon zu schimpfen.

Die Stationsschwester war dem ganzen Projekt „Außenarbeitsgruppe Behindertenwerkstatt" eh schon skeptisch gegenübergestanden und sah sich nun in ihren Vorurteilen bestätigt.

Das konnte ja nicht gut gehen.

Wie sollte sie, bei all der Personalknappheit auch noch ein Auge auf die Menschen mit Handicap haben? Sie schaffte es doch jetzt schon kaum, ihren Stationsalltag zu bewältigen.

Sie trug schließlich die Verantwortung für all das hier. Außerdem war sie sich nicht sicher, ob man das den Patienten auf Dauer zumuten konnte.

Es war ihr gleich aufgefallen, wie lange Manda heute in den jeweiligen Patientenzimmern verweilte, ganz im Gegensatz zu sonst.

Sollte sie jetzt auch noch die Putzkräfte beaufsichtigen? Und wo war überhaupt diese Frau Berger, die sich ja um ihre Schützlinge kümmern sollte? Das fing ja schon gut an...

All ihre Befürchtungen, Sorgen und Nöte warf sie nun Leni vor die Füße, die den ganzen aufgestauten Frust und die Wut von Schwester Barbara wortlos über sich ergehen ließ und unaufhörlich vor sich hin hickste, während sich ihre Augen mit Tränen füllten.

Sie blickte zu Boden und hielt die Rosen hinter ihrem Rücken fest umklammert. Sie hoffte, dass die Standpauke bald vorüber sein würde.

Durch das laute Geschreie von Schwester Barbara wurden Patienten und

Krankenschwestern auf das Geschehen aufmerksam und sahen interessiert zu ihnen herüber.

In diesem Moment kam Manda aus der Putzkammer und tat das einzig Richtige, sie eilte herbei und zog Leni mit den Worten: „Komm wir gehen uns waschen und suchen frische Kleidung für dich!" in Richtung Personalumkleide davon.

Barbara schimpfte unaufhörlich hinter den beiden her, „Manda solle sich gefälligst besser um ihre Hilfskräfte kümmern, und dass sie jetzt unmittelbar mit Frau Berger sprechen würde, so könne das auf keinen Fall weitergehen, wo käme man denn da hin!!"

Leni ließ sich wortlos von Manda mitziehen und weinte nun haltlos, so hatte sie sich das alles nicht vorgestellt.

Manda ging vor Leni in die Knie und schaute sie besorgt an: „Kindchen, Kindchen!" sagte sie mit ihrem gebrochenen Deutsch: „Was hast du dir nur dabei gedacht?"

Da brach alles aus Leni heraus: Frau Baier, die soo alleine war und keine Blumen hatte, das Rosenbeet und die wunderschönen rosafarbenen Rosen ganz hinten im Beet.

Wie zur Bestätigung zog sie den Strauß Rosen hinter ihrem Rücken hervor. Fünf- in voller Blüte stehende und wundervoll duftende Blumen hielt sie Manda unter die Nase.

Dann fuhr sie in ihrer Erzählung fort und berichtete von den Dornen, dass genau diese Rosen ganz hinten im Beet wuchsen, und zuletzt erzählte sie noch von dem freundlichen Gärtner mit dem Dreirad-Auto.

Jetzt musste Manda schmunzeln: „So, so, ein netter Gärtner mit einem Dreirad-Auto, hatte der zufällig einen Strohhut auf und eine Latzhose an?" Leni sah sie erstaunt an: „Ja!" sagte sie.

Da breitete sich ein Grinsen in Mandas Gesicht aus, und sie erzählte Leni: „Das ist mein Mann Heinrich, er ist hier der Gärtner im Krankenhaus und passt auf alle Blumen, Bäume und Büsche auf!

Da bin ich aber sehr verwundert, dass er dir Blumen geschenkt hat, das macht er sonst nie!"

Jetzt war es an Leni, erstaunt drein zu blicken, wer hätte das gedacht.
Sie erzählte Manda, dass sie erst furchtbare Angst hatte, als sie den
Gärtner, also Heinrich bemerkt und dass dieser auch gleich ganz laut
geschimpft, ihr dann aber aus dem Beet geholfen und die Rosen für Frau
Baier geschenkt hatte.

Manda seufzte leise: „Ja, er ist ein guter Mann, mein Heinrich!"
Leni putzte sich, mit dem angebotenen Taschentuch die Nase, langsam ließ
nun auch der Schluckauf nach.
„So!" meinte Manda kurzentschlossen „Jetzt gehen wir in den Keller in die
Kleiderkammer und versuchen, frische Arbeitskleidung für dich zu
bekommen, und dann müssen wir uns beeilen, denn wir haben noch viel zu
tun heute!"

Mit hängender Schulter und gesenktem Kopf schlich Leni neben Manda aus
dem Umkleideraum.
Im Flur kam ihr Niklas entgegen, immer noch den Kopfhörer über den
Ohren. Auch er beendete gerade seine Mittagspause. Als er Leni bemerkte,
blieb er wie angewurzelt stehen und rief, da er aufgrund der Kopfhörer seine
Lautstärke nicht richtig einschätzen konnte: „Wer hat dich denn angefallen?
Du siehst ja furchtbar aus!" und brach in herzhaftes Lachen aus."
Das hatte Leni gerade noch gefehlt, der erste Arbeitstag, das Schlammassel
in das sie sich verstrickt hatte und nun lachte dieser blöde Kerl, mit seiner
komischen weißen Kappe auf dem Kopf, sie auch noch aus.

Sie straffte ihre Schultern und entgegnete energisch: „Ich habe wenigstens
versucht, etwas Sinnvolles zu tun und nicht nur blöd herum zu sitzen!"
Wie zur Bestärkung hielt sie ihm ihre Rosen unter die Nase, machte auf den
Fersen kehrt und marschierte schnurstracks ins Zimmer von Frau Baier.

Diese saß am Bettrand und schälte gerade eine Banane.
Erstaunt blickte sie auf, als Leni ins Zimmer stürzte. Als sie Lenis
verschmutzte und- zerrissene Kleidung und ihre verletzten Arme bemerkte,
ließ sie die Banane sinken und stieß ein erschrockenes „Ach du meine
Güte!" aus.

Leni stürmte auf sie zu, drückte ihr die Rosen in die Hand und ein Wortschwall ergoss sich über die sprachlose alte Dame: „Die sind für dich, damit du auch einmal Blumen bekommst und nicht mehr traurig sein musst. Ich habe versucht, sie für dich zu pflücken, dann hat mich der Gärtner, der übrigens Heinrich heißt, geschimpft, aber dann hat er mir doch geholfen. Auch von ihm soll ich dich grüßen, er hat gesagt, wir denken jetzt zu zweit an dich!"

Frau Baier stand der Mund offen, sie konnte nichts antworten, sondern nur gerührt versuchen, die aufkommenden Tränen hinunter-zu-schlucken.
Ehe sie sich versah, drückte Leni sie ganz fest, machte auf dem Absatz kehrt und wollte wieder zur Tür hinausstürmen.
Doch dort standen Manda und Niklas, die ihr gefolgt waren. Manda hatte die Szene beobachtet und hatte nun auch Tränen in den Augen.
Was war Leni nur für ein liebes Mädel, dachte sie.

Niklas stand der Mund offen, soviel Courage hatte er der kleinen rosaroten Maus nicht zu getraut.
Irgendwie war es sehr passend, dass es genau die hintersten, rosa Rosen hatten sein müssen bei ihrem Rosa-Tick.
Er schmunzelte und schob den Schirm seiner Mütze in den Nacken.
Respekt, Leni, gut gemacht, dachte er bei sich.
Leni zwängte sich zwischen Niklas und Manda hindurch, ohne sie eines Blickes zu würdigen.
Im Vorbeigehen sagte sie zu Manda: „Gehen wir jetzt frische Kleidung besorgen? Wir haben noch viel Arbeit heute!"

Manda nickte und machte sich, nachdem sie sich lautstark geschnäuzt und verstohlen die Tränen weggewischt hatte, mit Leni auf den Weg in den Keller. Niklas machte ebenfalls kehrt und winkte Frau Baier zum Abschied noch einmal kurz zu.

Leni erhielt neue Arbeitskleidung und diverse Pflaster für die Kratzer an ihren Armen und Beinen. Den restlichen Nachmittag arbeitete sie sehr still, aber umso eifriger mit Manda zusammen und reinigte die restlichen Patientenzimmer.

Schwester Barbara war nach ihrem Frühdienst nach Hause gegangen, so dass Leni ihr heute Gott sei Dank nicht mehr über den Weg laufen musste. Die Schwester- die jetzt Dienst hatte, hieß Renate und war etwas freundlicher, obwohl sie anscheinend auch schon von Lenis Abenteuer gehört hatte.

Sie beäugte Leni immer wieder aufmerksam und sah auch gelegentlich in die Zimmer, die gerade geputzt wurden, wohl um zu überprüfen, ob Leni auch wirklich anwesend war und nicht wieder Dummheiten machte.

Um kurz vor vier Uhr hatte Leni endlich Feierabend und durfte sich umziehen.

Manda drückte sie zum Abschied kurz und meinte: „Wird schon Leni, aller Anfang ist schwer!"

Auf dem Weg zum Aufzug traf Leni auf Niklas, der gerade seine Kopfhörer wieder aufsetzte. Als er Leni erblickte, nahm er sie wieder ab, um sich zu erkundigen, ob sie noch weiteren Ärger bekommen habe.

Als Leni recht wortkarg verneinte, war für ihn das Gespräch beendet, und er widmete sich wieder seinem Hörbuch.

Der Bus wartete schon am Parkplatz auf die sechs Krankenhaus-Neulinge. Alle plauderten wild durcheinander, sie hatten sich viel zu erzählen über die Erlebnisse des ersten Arbeitstages.

Niklas, der wegen seiner Kopfhörer nichts hörte, und Leni, die immer noch in Gedanken mit dem heutigen Tage beschäftigt war, bekamen voll all dem nichts mit. Auch Susanna saß wortlos im Bus und blickte griesgrämig wie immer aus dem Fenster. Alle warteten auf die Rückfahrt zur Werkstatt.

Nach einiger Zeit bemerkte Margarethe Lenis Schweigen und stupste sie an: „Leni, wie war es denn bei Dir?"

Leni sah auf, kam aber nicht mehr dazu zu antworten.

In diesem Moment stieg Frau Berger mit ernster Miene in den Bus. Sofort war Leni klar, dass Frau Berger Bescheid wusste und dies reichlich Ärger für sie bedeuten würde.

Frau Berger gab dem Fahrer ein Zeichen, dass er losfahren könne, setzte sich neben Leni und schloss den Sicherheitsgurt.

Leni sank immer tiefer in ihren Sitz und hätte eine Welt darum gegeben, sich unsichtbar machen zu können. Doch es gab kein Entkommen, Frau Berger sah sie lange und sehr vorwurfsvoll an, dann begann sie mit ihrer Standpauke.

„Leni, was machst du nur für Sachen?!" schimpfte sie.

„Ich habe soo lange dafür gekämpft, dass die Klinik uns die Möglichkeit gibt, hier einen Arbeitsplatz für euch einzurichten, und du?

Du bestätigst bereits am ersten Tag alle Befürchtungen und Vorurteile, die die Pflegedienstleitung von Anfang an hatte!"

Sie seufzte und zog die Stirn in gefährliche Falten. Leni wollte die Luft anhalten, aber da war er schon, der unaufhaltsame Schluckauf....

Tränen stiegen ihr in die Augen, und sie wollte gerade ansetzen und Frau Berger erklären, wie es zu dem heutigen Vorfall kam, doch Frau Berger schnitt ihr das Wort ab. „Du brauchst dich nicht herauszureden, Leni, wenn so etwas noch einmal passiert, wird das Krankenhaus die Zusammenarbeit mit der Werkstatt sofort beenden, und das trifft dann auch deine ganzen Kollegen hier im Bus, für alle ist diese Chance dann vertan!

Ihr müsst wieder in eure Gruppen in der Werkstatt zurück!"

Alle fünf anderen Mitfahrer, sogar Niklas, der gar nicht gehört hatte, um was es ging, aber die Anspannung bemerkte, sahen sie nun vorwurfsvoll an.

Leni fühlte sich, als würde sie von den Blicken durchbohrt, sogar der Busfahrer warf ihr durch den Rückspiegel einen verärgerten Blick zu.

Leni wurde puterrot, Tränen liefen ihr über die Wangen, und der Schluckauf wurde noch stärker. Sie bekam keine Gelegenheit mehr, sich zu rechtfertigen, denn sie fuhren bereits in den Hof der Behinderten-Werkstatt ein, in dem alle anderen Beschäftigten bereits auf die weiterführenden

Busse warteten.

Erwartungsvolle Blicke empfingen den ankommenden Bus, alle waren neugierig auf die Erzählungen und Erlebnisse aus dem Krankenhaus, von denen ihre Kollegen zu berichten hätten.
Kaum hatte der Busfahrer die Türe geöffnet, sprang Leni tränenüberströmt hinaus, lief zu dem wartenden Bus, der sie nach Hause bringen würde, verkroch sich auf die hinterste Bank und zog den Kopf ein, so dass sie von vorne kaum zu sehen war.

11.

Schnell füllte sich auch dieser Bus mit einer plaudernden und gut gelaunten Schar Werkstattkollegen, die sich alle auf den Feierabend freuten.

Hauke stieg ebenfalls in den Bus, er hatte schon die ganze Zeit vor der Werkstatt auf Leni gewartet, konnte sie aber nirgends entdecken.
Suchend blickte er sich im Bus um.
Er konnte Leni auf der Rückbank nicht sehen, aber er hörte sie, ihr Schluckauf hatte sie verraten.

Hauke ließ sich neben ihr auf die Bank plumpsen, seufzte und sah Leni fragend an.
Er bemerkte ihre verquollenen Augen und auch die Pflaster an ihrem Arm.
Er bekam große Augen und rutschte wieder ein Stück von ihr ab.
„Leni, was um Himmels Willen ist passiert?" fragte er mit einem besorgten Blick. Er sah seine ganzen Vorahnungen bestätigt.
Für ihn war klar gewesen, dass es eine dumme Idee war, sich für einen Job im Krankenhaus zu melden, denn dort konnte ja nur Unheilvolles geschehen.
Schon alleine bei dem Gedanken an Keime, Viren, Blut und sonstige

verunreinigte Dinge bekam er kaum Luft.

Auch jetzt hielt er, obwohl Leni ihm leidtat, seine Hände fest in den Hosentaschen, man konnte ja nicht wissen, ob sie sich gründlich gewaschen hatte oder womöglich noch irgendwelche Krankheitserreger an sich trug.

Leni sah ihn an, sagte aber kein Wort. Sie wollte nicht auch noch von ihm eine Standpauke erhalten. Sie wusste, dass Hauke alles ganz genau nahm und solche Dinge ihm nie passieren würden. Er würde sich strikt an alle Vorgaben halten, die ihm gemacht würden. Er würde nicht nach links oder rechts sehen, sondern stur die ihm übertragene Aufgabe erledigen.

Auch das Argument, dass ihr Frau Baier leidgetan habe, würde bei Hauke nicht ziehen.

Aufgrund seines Autismus tat er sich sehr schwer, sich in Gefühle anderer Menschen hinein zu versetzen, nur bei Personen die er lange kannte, gelang ihm das manchmal.

Nein, Leni wollte jetzt nicht mit ihm reden, vielleicht würde sie zuhause mit Britta sprechen oder mit Sepp.

Ja genau, Sepp wäre der Richtige für ein Gespräch, er würde sie bestimmt verstehen und ihr zum Trost eine spannende Kriminalgeschichte erzählen, um sie abzulenken.

Hauke, ziemlich irritiert davon, dass Leni, die für gewöhnlich eine richtige Plaudertasche war und nie den Mund halten konnte, nicht mit ihm sprach, wandte sich an Margarethe. Diese war Lenis beste Freundin, sie hatte heute schließlich auch ihren ersten Arbeitstag im Krankenhaus gehabt.

Margarethe plauderte im Gegensatz zu Leni munter drauf los und erzählte die Geschichte von Frau Baier, den Blumen, der kaputten Arbeitskleidung und vor allen Dingen von der Strafpredigt von Frau Berger im Bus.

Sie ließ auch nicht aus, dass alle fünf übrigen Mitarbeiter des Krankenhaus-Teams sauer auf Leni waren, weil sie mit ihren Extratouren vielleicht das ganze Projekt zum Scheitern brachte.

Sie hatten sich soo lange darauf gefreut, und nun könnte schon wieder alles vorbei sein – nur wegen Leni!!

Leni hörte den Schilderungen von Margarethe schweigend zu und dachte sich im Stillen: „Eine schöne Freundin bist du, musst alles brühwarm Hauke erzählen, und ich kann mir den restlichen Abend seine Belehrungen anhören!"
Heilfroh sprang sie, als der Bus beim Bäcker anhielt, aus der Tür und rannte nach Hause. Sie wollte mit niemand mehr sprechen, nicht mit Hauke und mit Margarethe schon gar nicht. Sie stürmte ins Haus, vorbei an Hans und Peter, die wie immer im Garten Fußball spielten, und warf die Wohnungstür ins Schloss.

Der General, der mit einer Menge Landkarten unter dem Arm aus dem Keller kam und auf dem Weg in seine Wohnung war, schimpfte sofort lauthals: „Stillgestanden ordentlich salutiert, Gefreiter, wo sind ihre Manieren?" Dann schlurfte er weiter in den ersten Stock.

Auf der Treppe kam ihm Frau Bachmeier entgegen und frage verwundert, was denn mit Leni los sei. Mit ihrem Türen-schlagen habe sie bestimmt Luggi aufgeweckt, der endlich eingeschlafen war.
Der General murmelte irgendetwas vor sich hin, verschwand in seiner Wohnung und schlug nun ebenfalls seine Wohnungstür zu.

„Jetzt schlägt's aber dreizehn!" rief nun Frau Bachmeier lauthals, was wiederum dazu führte, dass Sepp verwundert den Kopf aus der Wohnung streckte, um zu sehen was denn da los war. Frau Bachmeier stürmte einfach weiter die Treppe hinunter, um die Wäsche aufzuhängen.
Dabei hoffte sie inständig, dass Luggi nicht wach geworden war, denn die Oma war mit Gabi beim Augenarzt und der Kleine im Moment ganz alleine in der Wohnung.
Ausgerechnet heute mussten hier alle verrücktspielen. Die Jungs lärmten draußen mit ihrem Fußball, obwohl sie genau wussten, dass das Baby schlief, denen würde sie auch gleich den Marsch blasen.
Nein, sie hatte es wirklich nicht leicht, mit all den Menschen hier im Haus...

Hauke lief der - mehr oder weniger wütend in den Garten stürmenden Frau Bachmeier mitten in die Arme, als er endlich auch zuhause ankam.

Diese schrie: „Hoffentlich bist wenigstens du leise, denn wenn du dich auch noch recht aufführst, dann werd I narrisch!"

Hauke sah ihr verständnislos hinterher und ging kopfschüttelnd in die Wohnung. Waren denn heute alle verrückt geworden?

Er wollte gleich ins Bad, um sich gründlich die Hände zu waschen. Er hatte mit so vielen Menschen auf der Nachhause Fahrt zu tun gehabt, da wusste man ja nie...

Doch heute war das Bad versperrt, das war mehr als ungewöhnlich. Leni legte in Haukes Augen und nach seinen Maßstäben keinen großen Wert auf Reinlichkeit, und so war er immer der Erste, der nach der Arbeit das Bad benutzte, um sich umständlich und ausgiebig die Hände zu waschen und sich umzuziehen.

Für Hauke war es wichtig, Arbeitskleidung und Zuhause-Kleidung streng voneinander zu trennen.

In seinem Schrank gab es strikt getrennte Bereiche für Arbeits-, Zuhause-, Sport- und Ausgehkleidung. Alles war peinlich genau einsortiert und durfte nicht miteinander in Berührung kommen. Er räumte jegliche Bekleidung, die er getragen hatte, sofort auf- oder brachte sie zur Wäsche.

Leni hingegen warf alles auf einen großen Haufen über den Stuhl in ihrem Zimmer. Sie holte sich aus dem Stapel nach Bedarf und Lust heraus, was sie wollte, strich dann das Kleidungsstück notdürftig glatt und war ganz zufrieden damit.

Die Assistenten der Betreuung ermahnten sie jedes Mal, wenn sie vorbeikamen und nach dem Rechten sahen, endlich mal aufzuräumen. Britta hielt sie ebenfalls zu mehr Ordnung an, doch Leni fand den Kleiderberg nicht schlimm.

Für Hauke wäre das unvorstellbar. Falten in Kleidungsstücken, T-Shirts zweimal zu tragen, Arbeits- und Zuhause-Kleidung auf einem Haufen, nein, das kam für ihn nicht in Frage.

Er konnte waschen, bügeln und die Wäsche zentimetergenau falten und

Kante auf Kante in den Schrank räumen.
Der General hätte damit seine wahre Freude gehabt. In den Kasernen wurde darauf bekanntlich ja großen Wert gelegt.

Jetzt stand Hauke also im Flur und war unsicher, was er tun sollte, klopfen und Leni bitten, das Bad zu verlassen? Erst einmal in sein Zimmer gehen und die Kleidung wechseln? Nein, mit Schmutzfingern die Zuhause-Kleidung anzufassen war keine Alternative.
Also lauschte er erst einmal an der Türe zum Bad und klopfte leise. Leni gab keine Antwort.
Er klopfte lauter und sie antwortete wieder nicht. Jetzt bekam er es mit der Angst zu tun, er presste das Ohr an die Tür und versuchte etwas zu hören.
Er rief nun besorgt: „Leni, Leni, nun sag doch was, was ist denn los?"

Mit tränenerstickter Stimme schrie Leni nun: „Verschwinde, Hauke, ich will dich nicht sehen! Du und meine tolle Freundin Margarethe! Ihr habt euch ja schnell ein eigenes Bild von den Geschehnissen gemacht, keiner von euch hat mich gefragt, wie es war und was passiert ist. Drum will ich jetzt auch nicht mit dir sprechen!"
Hauke, der mit Gefühlsausbrüchen jeglicher Art nicht umgehen konnte, zog den Kopf ein und schlich vom Bad weg aus der Wohnung. Er klopfte hektisch bei Britta, die würde bestimmt wissen was zu tun sei.

Die Tür ging auf und Britta erschien, mit einem Handtuch um den Kopf gewickelt. Sie kam anscheinend frisch aus der Dusche.
„Was ist denn los?" fragte sie alarmiert, als sie den sichtlich verunsichert dreinblickenden Hauke sah.
Dieser antwortete nur: „Leni - Bad!" und schon lief Britta los.
Sie war zwar die gesetzliche Vertretung von Leni und Hauke, trotz allem kamen die beiden aber sehr selten, um sie um Hilfe zu bitten, und wenn, dann war es meist wirklich ein Notfall.

Der Gesichtsausdruck von Hauke ließ Britta das Schlimmste vermuten. Sie wusste zwar, dass Hauke Emotionen oder Gefühlsverfassungen nicht richtig einzuschätzen vermochte, aber jetzt wirkte er sehr besorgt und verängstigt.

Britta klopfte an die Bad-Tür und rief nach Leni. Diese reagierte wie ein trotziger Teenager und maulte von innen: „Das war ja klar, dass Hauke auch noch zu dir zum Petzen kommen musste!! Lasst mich doch einfach alleine, ich will nicht mit euch sprechen!!"

Britta war vorerst erleichtert, dass anscheinend nichts passiert war und es sich vermutlich nur um einen Streit zwischen den beiden handelte, aber sie versuchte trotzdem, Leni zum Öffnen der Tür zu bewegen.
Als diese bockig verneinte, versuchte sie aus Hauke, der mittlerweile hinter ihr stand, etwas heraus zu bekommen.
Dieser war deutlich mittteilungsfreudiger als Leni und berichtete Britta von den Vorkommnissen im Krankenhaus, zumindest von dem, was Margarethe ihm erzählt hatte.

Jetzt verstand Britta!
Frau Berger hatte vorhin bereits versucht, sie zu erreichen.
Sie hatte, während sie unter der Dusche stand, das Telefon klingeln hören und wie sich der Anrufbeantworter einschaltete.
Sie hörte, wie die Nachricht von Frau Berger mit der Bitte um Rückruf aufgezeichnet wurde.
Diesen Anruf wollte sie eigentlich gleich nach der Dusche erledigen, aber Hauke war ihr zuvorgekommen.

Britta redete nun mit ruhiger Stimme auf Leni ein: „Leni, bitte lass uns sprechen, ich würde gerne deine Version der Dinge hören, um besser verstehen zu können, was vorgefallen ist. Frau Berger hat mich auch schon um einen Anruf gebeten. Bitte, Leni, ich möchte erst von dir erfahren, was passiert ist. Vielleicht lässt sich alles aufklären. Komm doch aus dem Bad, und wir trinken bei mir eine Tasse Kakao, und du erzählst mir alles…?!"

Man konnte hören wie Leni drinnen kräftig schnäuzte, die Spülung betätigte und gleichmäßig hicksend zur Türe schlurfte. Der Schlüssel drehte sich und Leni steckte den Kopf heraus. Sie sah erbärmlich aus!
Rote, verquollene Augen, Tränen liefen ihr immer noch über die Wangen,

und die Pflaster an ihrem Arm hatten sich gelöst und die Kratzer wieder zu bluten begonnen.

So hatte Britta Leni noch nie erlebt, besorgt schloss sie sie in die Arme: „Ach Leni, was ist denn nur passiert?".

Sie schob Leni langsam Richtung Flur und verließ mit ihr die Wohnung um drüben in ihrer Küche bei einer Tasse heißen Kakao herauszufinden, was vorgefallen war.

Kakao half immer!

Auch Brittas Sohn Finn ließ sich damit stets bereitwillig beruhigen, und selbst die kleine Marie strahlte glücklich, wenn sie an der Tasse nippen durfte.

Heute waren beide Kinder mit Mike, Brittas Mann, beim Kinderschwimmen, so dass sie ungestört mit Leni reden konnte.

Hauke nutzte die Gelegenheit, an den beiden vorbei ins Bad zu schlüpfen. Jetzt wurde es aber wirklich Zeit, sich die Hände zu waschen und sich umzuziehen, sein ganzer Tagesablauf geriet mittlerweile völlig durcheinander.

Wie sollte er denn die verlorene Zeit wieder einholen, wenn er pünktlich beim Abendessen sitzen wollte. „Zzzz...", zischte er leise – immer diese Leni, schon wieder brachte sie alles durcheinander!

12.

In der Nachbarwohnung saß Leni inzwischen bei einer Tasse Kakao, die sie ganz fest umklammerte, und berichtete Britta, was passiert war.

Ausführlich erzählte sie ihr von den vielen traurigen Schicksalen der Patienten im Krankenhaus, und ganz besonders viel erzählte sie von Frau Baier, sie betonte, dass die arme Frau ganz alleine sei und sehr traurig war.

Deshalb wollte sie ihr doch so gerne eine Freude machen, gerade weil ihr niemand Blumen brachte und sie keinen Besuch erhielt.

Leni erzählte Britta von dem großen Blumenbeet mit den vielen bunten Rosen, welche sie in der Mittagspause im Park entdeckt hatte. Auch rosa Rosen gab es dort, das betonte sie ganz besonders. Leider wuchsen genau diese ganz in der Mitte, so dass sie sich zwischen all´ den anderen Rosen hindurchzwängen musste, um zu den schönsten, den rosafarbenen zu gelangen.

Britta, die um Lenis Vorliebe für Rosa wusste, musste trotz des Ernstes der Geschichte schmunzeln. Ja, das war wieder typisch Leni!

Leni erzählte dann auch noch vom Gärtner und davon, wie große Angst sie vor ihm gehabt hatte.

Sie ließ auch nicht unerwähnt, dass er ihr, nach anfänglichem Schimpfen, dann doch einige der schönsten Rosen abgeschnitten und für Frau Baier geschenkt hatte.

Ja, dachte Britta, auch das ist typisch Leni! Mit ihrem großen Herzen kann sie die Herzen vieler Menschen öffnen und sie dadurch glücklich machen. Der Gärtner war das beste Beispiel hierfür.

Als Leni davon berichtete, wie sehr sich Frau Baier gefreut hatte, konnte Britta ihr einfach nicht böse sein.

Den Rest der Geschichte mit der zerrissenen Dienstkleidung, den blutigen Kratzern und der schimpfenden Oberschwester hörte sich Britta stillschweigend an, denn sie hatte sich bereits vorgenommen, eine flammende Verteidigungsrede für Leni bei Frau Berger zu halten.

All das, was Leni getan hatte, tat sie aus ihrem Herzen heraus und aus purer Freude daran, Menschen zu trösten und glücklich zu machen.

Sie würde schon noch lernen, dies eventuell mehr auf ihre Freizeit zu verschieben und sich während der Arbeit auf das Wesentliche zu konzentrieren. Frau Berger musste ihr einfach noch eine Chance geben!!

Britta würde sich gleich am nächsten Tag auf den Weg ins Krankenhaus machen, um auch ein Gespräch mit Schwester Barbara führen.

Sie wollte sich für und mit Leni zusammen entschuldigen, aber auch ein wenig die strenge Schwester für die Eigenheiten von Menschen mit Beeinträchtigung sensibilisieren.

Aller Anfang ist schwer, aber mit der Zeit würde sich auch Leni in die Abläufe des Krankenhauses hineinfinden und gerade wegen ihres großen Einfühlungsvermögens dort gute und wertvolle Arbeit leisten.

Britta erzählte Leni, was sie vorhatte zu unternehmen.

Diese, mittlerweile erschöpft von dem langen, ungewohnten Arbeitstag, aber

auch vom vielen Weinen, saß still vor ihrer Tasse Kakao und hörte zu.
Leise fragte sie: „Glaubst du, alles wird wieder gut?"
„Ja, Leni, alles wird gut! Morgen ist ein neuer Tag, und es wird einen neuen
Anfang geben!
Du schaffst das, und Frau Berger wird dir bestimmt noch eine Chance
geben.
Ich werde jetzt gleich mit ihr telefonieren, und mit Schwester Barbara
sprechen wir morgen gemeinsam. Jetzt beeil dich und geh zu Hauke, er wird
schon nervös mit dem Essen auf dich warten!"

Während Britta das Telefonat mit Frau Berger führte, das wider Erwarten
sehr positiv verlief, schlich Leni mit gesenktem Kopf nach Hause.
Hauke hatte den Tisch gedeckt, saß frisch geduscht im gebügelten
Jogginganzug am Essenstisch und wartete ungeduldig auf Leni. Er sparte
sich heute Vorwürfe wegen der Verspätung. Sogar er begriff, dass Leni
heute schon genug Ärger hatte und es Zeit für ein wenig Ruhe war.
Leni aß schweigend ein kleines Stück Brot, stand dann wortlos auf, ließ alles
liegen und stehen und ging einfach ins Bett.
Nicht einmal dafür bekam sie heute von Hauke Ärger.
Er räumte stillschweigend den Tisch ab, spülte und zog sich dann ebenfalls
in sein Zimmer zurück.
Leni war in ihr rosa Barbie-Bett geschlüpft, hatte sich die Decke über die
Ohren gezogen und war sofort eingeschlafen.
Auch „Dahoam is Dahoam", ihre Lieblingsserie, interessierte sie heute nicht.
Sie fiel in einen tiefen, traumlosen Schlaf.

Ja, morgen ist ein neuer Tag, morgen ist ein neuer Anfang!!

13.

Am nächsten Morgen war Leni lange vor dem ersten Klingeln des Weckers
wach, doch heute hatte sie keine Zeit, noch ein wenig im Bett zu bleiben und
ihren Gedanken nachzuhängen.

Sie musste, oder sie durfte wieder im Krankenhaus arbeiten. Sie war sich nicht sicher, ob sie sich freuen oder Angst vor dem anstehenden Gespräch mit Schwester Barbara haben sollte. Britta würde sie zwar begleiten, aber wohl war ihr trotzdem nicht in ihrer Haut.

Außerdem war ihr mulmig zumute vor der Begegnung mit ihren Arbeitskollegen im Bus. Gestern auf dem Nachhauseweg waren alle ärgerlich gewesen und hatten ihr Vorwürfe gemacht, sogar Margarethe, obwohl sie ihre beste Freundin war.

Leni schlüpfte aus dem Bett und schlich, so leise es ging, ins Bad. Sie wollte Hauke heute Morgen nicht begegnen.

Da bei ihrem Mitbewohner morgens schon alles nach dem immer gleichen Zeitplan ablief, war mit ihm um diese Uhrzeit noch nicht zu rechnen.

Er war mit Sicherheit damit beschäftigt sein Bett zu machen, das Zimmer zu lüften, Wäsche herauszulegen usw.

Es war in seiner Zeitschiene noch zu früh für den morgendlichen Gang ins Bad.

Leni schloss leise die Bad-Türe und besah sich im Spiegel.

Ihr Gesicht war immer noch verquollen vom vielen Weinen und die Pflaster an ihren Armen waren über Nacht abgegangen. Die Kratzer hatten rote Entzündungsränder bekommen und sahen noch schlimmer aus als gestern.

Sie beugte sich über das Waschbecken und ließ kaltes Wasser in ihre Hände laufen. Mehrmals wusch sie sich das Gesicht damit ab.

Langsam fühlte es sich ein wenig besser an.

Sie kämmte ihre Haare und machte sich sehr sorgfältig zurecht. Sie wollte wenigstens einen guten Eindruck machen bei Schwester Barbara und auch bei Frau Berger.

Im Badschrank fand sie Pflaster und Wundsalbe, damit versorgte sie ihre Arme. Es war ganz schön umständlich, mit der linken Hand die Kratzer an ihrem rechten Arm zu behandeln, aber sie würde einen Teufel tun und Hauke um Hilfe bitte.

Er würde ihr mit Sicherheit eine Moralpredigt halten und ihr im Anschluss gut gemeinte Ratschläge für den Tag mit auf den Weg geben.

Sie putzte sich die Zähne und zeigte sich anschließend die Zunge im Spiegel. Darüber musste sie schon wieder ein wenig schmunzeln.
Vielleicht würde dieser Tag, doch nicht so schlimm werden wie befürchtet.

Sie verließ das Badezimmer und schlich auf Zehenspitzen zurück in ihr Zimmer. Dort holte sie aus ihrem Kleiderberg ein T-Shirt mit der Aufschrift „Happy" und dem Abbild eines lachenden Esels hervor, schlüpfte in ihre rosa Lieblingshose und die rosa Turnschuhe. „Ich schaffe das, ich schaffe das!" sagte sie sich mutig vor und machte sich auf den Weg in die Küche um wenigstens heute zu ordentlich zu frühstücken.
Vielleicht war das hastig hinunter geschlungene, kalte Müsli von gestern schuld am missglückten Start des Krankenhaus-Praktikums gewesen.

Sie hörte wie Hauke die Bad-Türe öffnete und darin verschwand.
Das bedeutete, eine Viertelstunde war sie noch vor seinen Ermahnungen sicher, denn so lange dauerte Haukes Morgenritual: Fünfmal Händewaschen, zweimal Zähneputzen, dann die Haare erst nach links, dann nach rechts zu kämmen, um sie dann mit einem heftigen Kopfschütteln doch wieder völlig wirr vom Kopf abstehen zu haben.
Toilettengang und nochmal mehrmals Händewaschen...
Jeden Tag, dieselbe Prozedur!!!

Plötzlich klopfte es leise an der Wohnungstüre. Es war Britta, sie kam um Leni zu fragen, ob sie mit ihr mit dem Auto ins Krankenhaus fahren wolle, dann könnten sie gemeinsam das Gespräch mit Schwester Barbara führen.
Leni konnte ihr Glück gar nicht fassen.
Sie musste heute Morgen keinem ihrer Arbeitskollegen über den Weg laufen und Britta würde ihr helfen alles wieder gerade zu biegen. Begeistert stimmte sie zu, stellte das halb aufgegessene Müsli in die Spüle und stürmte los. Sollte Hauke doch schimpfen wen er wollte, sie war dann mal weg!

Britta legte einen Zettel auf den Küchentisch um Hauke mitzuteilen, dass Leni schon mit ihr auf dem Weg zum Krankenhaus war und folgte Leni in den Flur.

Dort trafen sie auf Sepp, der ebenfalls auf dem Weg in die Arbeit war.
Sepp wollte Leni gerade fragen, wie denn der erste Tag, in der neuen
Gruppe war, doch Leni lief einfach kommentarlos an ihm vorbei.
Erstaunt sah er Britta an, doch diese gab ihm nur mit einem Handzeichen zu
verstehen, dass sie ihm später alles erzählen würde und eilte Leni hinterher.
Verwirrt stieg Sepp in seinen Jeep und machte sich auf den Weg in die
Polizeistation. Dort angekommen vertiefte er sich in die neuesten Fälle, die
die Polizei in Sonnwang derzeit beschäftigten.
Darunter auch zwei Fälle von Diebstählen die sich gestern im hiesigen
Krankenhaus zugetragen hatten…

14.

Im Krankenhaus angekommen, stieg Leni aus Brittas Auto, und schon war
er wieder da! Lenis berüchtigter Schluckauf…
Je näher sie dem Eingang kamen, umso lauter hickste sie vor sich hin.
Britta legte beruhigend den Arm um ihre Schultern und schob sie durch die
Tür.
Mit dem Aufzug fuhren sie in den zweiten Stock, wo sie bereits im Flur von
Schwester Barbara erwartetet wurden.

War die Stationsleitung gestern auch schon so groß gewesen??
Leni zog unwillkürlich den Kopf ein und hickste weiter in gleichmäßigen
Abständen vor sich hin.
Schwester Barbara bat sie ins Arztzimmer, dort konnten sie ungestört
sprechen, ohne vom Betrieb auf der Station gestört zu werden.
Britta begann nun mit herzerwärmenden Worten Schwester Barbara von
Leni, deren Lebensgeschichte, von ihrem großen Herzen, ihrer
Hilfsbereitschaft und ihrer besonderen Begabung, Menschen trösten zu
können, zu erzählen.
Sie tat dies mit solcher Inbrunst, dass bereits nach kürzester Zeit zu spüren
war, wie Schwester Barbaras Gesichtszüge weicher und ihre Stimmung
milder wurde.

Im Anschluss hielt Schwester Barbara eine Ansprache über ihre Verantwortung, ihre Ängste und berichtete von den vielen Sicherheits- und Hygienevorgaben, für deren Einhaltung sie verantwortlich war und so weiter und so weiter.

Doch es war bereits deutlich zu spüren, dass sie nicht mehr so böse mit Leni war wie gestern.

Ihr war es trotzdem wichtig, Leni zu verdeutlichen, dass die Regeln zu befolgen waren, um einen guten Stationsablauf für Mitarbeiter und Patienten zu gewährleisten.

Am Schluss wurde Leni gebeten- mitzuteilen, ob sie alles verstanden hätte und Schwester Barbara sich darauf verlassen konnte, dass Leni sich künftig an die Regeln halten würde.

Leni nickte unter Hicksen heftig mit dem Kopf. Sie hatte puterrote Backen, und es war ihr abwechselnd heiß und kalt gewesen, während sich Britta und Schwester Barbara vor ihr- über sie unterhalten hatten.

Alles, was Schwester Barbara an Gesetzen und Verordnungen aufgezählt hatte, hatte sie zwar nicht so richtig verstanden, aber was sie verstanden hatte, war, dass sie noch eine Chance erhalten würde, und diese wollte sie unbedingt ergreifen.

Schwester Barbara rang ihr das Versprechen ab, sich künftig nur auf ihre Arbeit zu konzentrieren, und Leni gab ihr die Hand darauf.

Damit war ihre weitere Mitarbeit im Krankenhausteam besiegelt.

Als die drei das Arztzimmer verließen, kam gerade aus dem gegenüberliegenden Zimmer Frau Baier.

Sie wurde vom Krankentransport abgeholt, um zur Reha gefahren zu werden.

Sie bemerkte Leni und bat die beiden Sanitäter, kurz zu warten.

„Leni!" rief sie und streckte die Arme aus.

Leni blickte fragend zu Schwester Barbara, und als diese nickte, sauste sie los und schmiegte sich in die Arme von Frau Baier.

Diese hatte Tränen in den Augen und sagte: „Liebe Leni, ich möchte mich nochmal ganz herzlich bei dir für die schönen Rosen bedanken, du hast mir eine große Freude bereitet! Das hat schon lange niemand mehr für mich getan!

Leider besagt ein Aberglaube, dass man Blumen, die man im Krankenhaus geschenkt bekommt, nicht mit nach Hause nehmen soll, weil man sonst übers Jahr wieder hier hin muss...
Ich würde mich sehr freuen, wenn du die Rosen mitnehmen würdest und deiner netten Begleitung schenkst. So machen sie anderen Menschen noch lange Freude.
Liebe Leni, ich danke dir und ich werde dich sicher nie vergessen!"

Sie drückte Leni einen Kuss auf den Haaransatz, setzte sich zurück in den Transportstuhl und winkte Leni nochmal herzlich zu.
Leni winkte ihr nach, bis sie im Fahrstuhl verschwunden war.
Als sie sich zu Schwester Barbara und Britta umdrehte, bemerkte sie, dass beide sich verstohlen ein Tränchen aus den Augen wischten.

Schwester Barbara straffte die Schultern, räusperte sich geräuschvoll und begab sich zurück ins Schwesternzimmer, um ihre Arbeit fortzusetzen.
Britta begleitete Leni noch zur Personalumkleide, um sich ein Bild davon zu machen, wie Leni in den Arbeitstag startete. Als Leni sich umgezogen hatte, nahm sie Brittas Hand und zog sie hinter sich her in das Zimmer von Frau Baier.
Sie nahm die Rosen vom Nachttisch und reichte sie Britta. Diese betrachtete sie eine ganze Zeit und sagte dann: „Jetzt versteh ich dich, Leni, das sind wirklich ausgesprochen schöne Rosen!"

Leni wollte Britta noch bis zum Ausgang begleiten, aber in dem Moment, als sie den Aufzug erreichten, öffneten sich die Türen und David, Margarethe und Niklas stiegen aus.
Sie warfen Britta und Leni verwunderte Blicke zu, aber keiner fragte nach, warum Leni nicht gemeinsam mit ihnen zur Arbeit gekommen war.
Wahrscheinlich hatte Frau Berger sie im Bus schon informiert.
Margarethe und David verschwanden wortlos in ihrem Teil der Abteilung, Niklas schlurfte gelangweilt, mit Kopfhörern auf den Ohren, zur Personalumkleide.

Heute hatte er sein farbiges Käppi nicht mehr mit dabei, aber sein T-Shirt war so bunt gemustert, dass es dies allemal wettmachte. Er sah sehr hübsch aus!

Britta fragte: „Möchtest du mich deinem Kollegen denn nicht vorstellen?"

Eine leichte Röte überzog Lenis Wangen, und sie zuckte nur mit den Schultern.

Niklas würde sie eh nicht hören, wenn sie ihm hinterherrief, also könnte sie ihn Britta ja auch später mal vorstellen.

Sie war so froh, dass alles nochmal gutgegangen war, dass sie lieber ganz schnell zu Manda und zu ihrer Arbeit wollte.

Britta registrierte das Zögern und drang nicht weiter in Leni ein. Sie schloss sie kurz in die Arme und betrat den Aufzug. Ermunternd hob sie die Daumen: „Wir sehen uns heute Abend, Ohren steifhalten!"

Leni machte sich auf den Weg zum Reinigungszimmer, wo Manda schon mit dem fertig bestückten Putzwagen auf sie wartete, dann konnte es ja losgehen.

15.

Die nächsten Tage verliefen ruhig, und Leni wurde immer sicherer in ihren Aufgaben. Sie konnte mittlerweile schon ohne Hilfe den Reinigungswagen auffüllen, und sie wusste, welche Putzmittel und Utensilien benötigt wurden. Sie reinigte zuverlässig und gründlich ihre Bereiche in den Zimmern und sortierte anschließend Lappen und Wischer in die entsprechenden Wäschesäcke. Sie konnte sogar schon selbständig die Flaschen in den Desinfektionsspendern der Krankenzimmer austauschen.

Mit den Patienten unterhielt sie sich nach wie vor gerne, und diese freuten sich stets über ihre fröhliche und herzliche Art. Mal streichelte sie im Vorbeigehen einem frisch operierten Herrn über die Hand oder half einer älteren, anscheinend verwirrten Dame, den Weg zurück in ihr Zimmer zu finden. Mal hob sie heruntergefallene Bücher auf oder schüttelte auf Wunsch ein Kopfkissen auf.

Gelegentlich sang sie den Patienten vor, während sie deren Nachtkästchen reinigte, manchmal fingen diese dann sogar an, mit-zu-singen.
Es war immer besonders lustig, wenn Leni dann aus Übermut auch noch ein Tänzchen mit der Reinigungsflasche im Arm durch das Zimmer machte.
Manda wollte Leni am Anfang immer wieder davon abhalten, aber als sie bemerkte, wie fröhlich das die Patienten machte und wie gut die Stimmung war, wenn sie das fertig geputzte Zimmer verließen, ließ sie Leni gewähren.
Sie schafften die Zimmer immer in der- dafür anberaumten Zeit, so dass sie keinen Grund mehr darin sah, Lenis positive Wirkung auf die Patienten durch Verbote einzuschränken.

Leni und Niklas verbrachten regelmäßig die Mittagspausen gemeinsam.
Er hatte es sich sogar abgewöhnt, seinen Walkman aufzusetzen, stattdessen unterhielt er sich mit Leni.
Er tat dies mit wachsender Begeisterung und hatte dabei schon viele Gemeinsamkeiten entdeckt.
Sie liebten beide alles was bunt war, hörten ähnliche Musik und sie mochten beide Tiere, alle Tiere!
Dies stellte Niklas eindrücklich unter Beweis, als er auf dem Heimweg eine kleine Spinne, die sich im Aufzug verlaufen hatte, vorsichtig in die Hand nahm und im Garten an einem Busch wieder in die Freiheit entließ.
Ab diesem Moment war er Lenis persönlicher Held.

Er war nicht wie Hauke, der in so einer Situation in eine Art Schockstarre verfiel. Hauke wäre bestimmt fünfmal vom Keller bis in den sechsten Stock und wieder zurück gefahren, bis er es geschafft hätte, die Hände aus den Hosentaschen zu nehmen, den Mund zu schließen und aus dem Fahrstuhl zu flüchten, um sich im nächsten WC die Hände mindestens acht Mal zu waschen.

Wenn sie sich während der Arbeit im Flur über den Weg liefen, winkten sie sich zu oder schnitten sich Grimassen, und manchmal hatten Anna und Manda den Verdacht, dass die Begegnungen nicht ganz zufällig waren....

Sie saßen im Bus, der sie zur Arbeit und wieder nach Hause brachte, mittlerweile stets nebeneinander und hatten sich viel zu erzählen über die Patienten oder die ein oder andere Krankenschwester.

Sie hatten sich schon einmal außerhalb der Arbeit verabredet, was aber wegen des schlechten Wetters nicht funktioniert hatte.

Niklas wollte Leni mit seinem Bonanza-Rad, welches sein ganzer Stolz war, besuchen. Er hatte es blitzblank geputzt und extra noch den Fuchsschwanz an seinen kleinen Rückspiegel gebunden, um Leni zu beeindrucken.

Doch dann hatte es zu schütten begonnen, und seine Eltern hatten ihm die Fahrt, welche fast eine halbe Stunde gedauert hätte, nicht erlaubt.

So musste er Leni anrufen und ihr „Date" schweren Herzens absagen.

Leni, die mit Brittas Hilfe gebacken hatte, und Hauke, der sich vor allen Dingen über den Kuchen freute, verbrachten den regnerischen Tag dann stattdessen mit Memory spielen und Musik hören.

Ihre Enttäuschung wollte Leni sich nicht anmerken lassen, es sollten doch nicht gleich alle merken, dass ihr Niklas mehr bedeutete. Sie hatte Angst vor den Fragen, die womöglich auf sie zukämen, wo sie sich doch ihrer eigenen Gefühle noch nicht sicher war.

Dies war das erste Mal, dass sie so etwas für jemanden empfand.

Margarethe hatte ihr in letzter Zeit immer vorgeschwärmt, wie verliebt sie in David sei, und dass sie Schmetterlinge im Bauch habe, wenn sie ihn im Bus trifft.

Leni hatte sich daraufhin mehrmals vor den Spiegel gestellt und nach Schmetterlingen im oder am Bauch gesucht, konnte aber keine entdecken.

Sie hatte den Mund sperrangelweit aufgerissen und versucht, durch ihren Hals in den Bauch zu sehen, aber auch dort waren keine Schmetterlinge zu finden gewesen, weswegen sie sich nun nicht mehr sicher war, ob sie wirklich verliebt war.

Sie mochte Niklas wohl einfach nur sehr gern, so wie sie auch Hauke mochte. Wobei, bei Hauke klopfte ihr Herz nie so schnell...

als sei sie zu schnell die Treppen hinaufgelaufen!

16

Im „Ich und Du-Haus" ging währenddessen alles seinen normalen Gang.
Heute war Sonntag, und Oma Bachmeier saß im Garten und strickte, wobei
Leni sich immer wieder wunderte, wie sie das mit ihren fast blinden Augen
schaffte.
Leni waren bei dem Versuch, das Stricken zu erlernen, immer wieder die
Maschen hinuntergefallen, so dass sie alles wieder auftrennen musste. Das
war ihr auf Dauer zu mühsam gewesen, weshalb sie es schnell wieder sein
ließ und sich lieber dem Malen widmete.
Wie merkte Oma Bachmeier nur, wenn ihr eine Masche hinunterfiel?
Sie konnte das Missgeschick nicht sehen.
Ob sie wohl mit ihren Luchsohren hörte, wenn eine Masche fiel??
Leni traute Oma alles zu!
Vor zwei Tagen war Oma an einem der beiden, vom grauen Star befallenen
Augen operiert worden -, wie lange es wohl dauerte, bis sie damit sehen
konnte....
Wenn auch noch das zweite Auge heile war, würde es bestimmt wieder in
Windeseile warme Socken für alle Hausbewohner geben, so wie es früher
immer war.

Der General hielt Mittagsschlaf hinter dem Haus und schnarchte laut vor
sich hin.

Britta und Mike packten gerade die Kinder ins Auto. Sie wollten heute in den
nahegelegenen Wildpark fahren um dort bei einem Spaziergang die Tiere zu
beobachten und anschließend die Kinder auf dem großen Spielplatz toben
zu lassen.
Das heißt, Toben würde nur Finn, der die Klettergerüste besteigen und die
Rutschen heruntersausen wollte.
Marie würde mit Mike auf der Wippe sitzen und, sich auf dem Schoß von
Britta sitzend, auf der Schaukel von Mike anstoßen lassen. Das liebte sie,
und es entlockte ihr jedes Mal ein glucksendes Lachen.

Gerda Bachmeier hatte, obwohl es Sonntag war, jede Menge zu tun. Diese Woche war sie mit dem Waschen der Trikots von Hans´ und Peters Fußball-Mannschaft an der Reihe.

Das bedeutete fünfzehn komplett verschmutzte, gelbschwarze Trikots zu waschen und - aufzuhängen um sie anschließend, fein säuberlich zusammengelegt, beim nächsten Training wieder in der Kabine des Vereins abzugeben.

Außerdem hatten die Jungs heute ein Fußballspiel gegen die Mannschaft des Nachbardorfes, welches sie gerne anschauen wollte. Den Weg zum Fußballplatz konnte sie bequem zu Fuß bewältigen und Luggi im Kinderwagen gleich mitnehmen, damit er auch an die frische Luft kam.

Gabi, ihre Tochter, war heute bei Freundinnen zum Kaffeetrinken eingeladen, so dass der Enkel von ihr beschäftigt werden musste.

Sepp war in der Polizeistation, da man dort im Fall der Diebstähle im Krankenhaus einfach nicht weiterkam.

Immer mehr Patienten fehlten Geldbeutel, Uhren und Handys. Die Anzeigen auf seinem Tisch stapelten sich mittlerweile in beachtlicher Höhe.

Er wollte den Nachmittag nutzen, um sich nochmal in Ruhe in den Fall zu vertiefen.

Hauke hatte seinen Kopfhörer aufgesetzt, um ungestört eine seiner Lieblings-CDs auf voller Lautstärke zu hören, wobei er dabei auf seinem Bett lag und im Takt mit den Füßen wippte. Er war völlig vertieft und bekam von dem folgenden Geschehen nichts mit…

Leni hatte sich, ganz entgegen ihrer sonstigen Gewohnheiten, vorgenommen, heute ihren Kleiderberg vom Sessel einmal zu sortieren und aufzuräumen. An einem Sonntag!!

Aber man konnte ja nie wissen, ob nicht doch unverhofft Niklas zu Besuch käme, was würde er denn für einen Eindruck von ihr bekommen, wenn sie ihm nicht einmal einen Stuhl anbieten könnte.

Da war er wieder, der Gedanke an Niklas! Sie sah abwesend aus dem offenen Fenster und genau in diesem Moment flog taumelnd und leicht ein

Schmetterling vorbei…

Jetzt machte ihr Herz einen kleinen Hopser, vielleicht waren bei ihr die Schmetterlinge gar nicht im Bauch, sondern draußen vor dem Fenster.
Ihre Schmetterlinge waren in Freiheit und flogen glücklich von Blüte zu Blüte.
Womöglich hatte Margarethe die Schmetterlinge gefangen und gegessen, damit sie in ihren Bauch kamen - und dort flogen sie jetzt eingesperrt herum?
Sie musste Margarethe morgen im Bus unbedingt fragen….

Während sie so ihren Gedanken nachhing, erklang von oben plötzlich ein lauter Schmerzensschrei! Der Schrei kam ohne Zweifel aus der Wohnung des Generals.
Schlagartig verflogen Lenis Tagträume, und sie stürmte ins Treppenhaus.
Da war er wieder, ein erneuter lauter, langgezogener Schmerzenslaut, und, wenn Leni richtig gehört hatte, ein deutliches: „Sakrament, Sakrament!" noch hinterher.

Sie stand im Treppenhaus und sah sich um, keiner außer der Oma schien zuhause zu sein, und die saß- eingeschlafen über ihrem Strickzeug im Garten. Sie würde ihr sowieso keine große Hilfe sein.
Hauke rührte sich auch nicht, was darauf schließen ließ, dass er- bei dem schönen Wetter ebenfalls spazieren gegangen war. Bei dieser Lautstärke wäre er ansonsten auf alle Fälle herausgekommen, um sich zu beschweren, dass jemand am Sonntag, seinem Ruhetag, so einen Lärm machte.

Was sollte sie nur tun, sie fürchtete sich vor dem General, und selbst vor seiner Wohnung hatte sie Angst. Diese war ihr so schrecklich in Erinnerung geblieben, dass sie nicht hinauflaufen und nachsehen wollte, was passiert war.
Da schrie er wieder, diesmal noch lauter, mittlerweile unverkennbar auch um Hilfe: „Sanitäter, Sanitäter, wir brauchen hier Sanitäter!!".
In diesem Moment Leni fiel ein, was sie für solche Fälle gelernt und immer wieder mit Britta geübt hatten.

Die Nummer 112 anrufen, dann würde Hilfe kommen.

Schnell lief sie zurück in die Wohnung, holte das Telefon und wählte.
Bereits nach kurzem Läuten kam eine Dame an den Apparat.

Sie meldete sich mit: „Hier ist der Notruf der Feuerwehr, wie kann ich Ihnen helfen?".

Leni bekam es mit der Angst, es brannte doch gar nicht, hatte sie auch wirklich die richtige Nummer gewählt? Vielleicht hatte sie sich vertippt? Schnell legte sie wieder auf.
Doch im nächsten Moment hörte sie den General wieder schreien, dieses Mal noch lauter und deutlich wütender.
Also wählte sie nochmal, dieses Mal langsam und ganz sorgfältig, damit sie sich nicht wieder verwählte. Erneut meldete sich die Dame von der Feuerwehr. Jetzt half alles nichts, Leni meldete sich, wie sie es gelernt hatte, mit ihrem vollen Namen und nannte Adresse und Telefonnummer.
Auf die Frage, was geschehen sei, berichtete sie, dass der General im ersten Stock laut schrie und anscheinend Schmerzen habe.

Die nette Frau von der Feuerwehr wollte wissen, wie der General denn heiße. Es dauerte eine Weile, bis Leni vor lauter Aufregung der Name Detterbeck, Franz-Xaver Detterbeck einfiel.
Die Frau forderte sie jetzt auf, das Telefon mitzunehmen, zu Herrn Detterbeck zu gehen und nachzuschauen, was passiert sei.

Leni bekam, wie sollte es anders sein, Schluckauf! „Nein!" stotterte sie: „Ich kann nicht in die Wohnung vom General, da sind tote Tiere, es stinkt nach Füßen und der General ist böse!"
Was sich die Dame in der Feuerwehr in diesem Moment gedacht hatte, konnte man nur erahnen, Leni aber war nur wichtig, deutlich zu machen, dass sie auf keinen Fall dort hinauflaufen würde.

Die Frau versuchte Leni zu beruhigen und sagte ihr, dass ein Krankenwagen auf dem Weg sei und sie doch bitte wenigstens vors Haus gehen solle, um den Sanitätern den Weg zu zeigen.

Noch bevor sie mit ihren Ausführungen fertig war, hatte Leni den Hörer bereits aufgelegt und stürmte nach draußen zum Gartentor.

Von oben hörte sie mittlerweile nur noch undeutliches Gemurmel. Das Rufen hatte aufgehört, dafür trommelte der General mit irgendeinem Gegenstand an die Wand, was Leni nur noch mehr Angst einjagte.

Oma Bachmeier schlief immer noch, die Wolle war ihr vom Schoß gefallen, und die Hände hatten die Nadeln losgelassen, so dass sich die Maschen langsam aber sicher lösten.

Von all der Aufregung bekam sie immer noch nichts mit. Leni konnte das gar nicht verstehen. Oma, die 1000-mal besser hörte als sah, hätte doch die Rufe des Generals hören müssen…

Leni wusste nicht, dass das gute Hörvermögen - an den heute nicht eingelegten Hörgeräten lag. Weswegen sich heute schlechtes Hören und Sehen die Waage hielten.

Wahrscheinlich erholte er sich von den Strapazen der letzten Tage.

Sie war nämlich vorgestern an ihrem linken Auge operiert worden, dabei wurde der graue Star entfernt. Mit diesem Auge würde sie bald wieder gut sehen können, doch heute war es noch mit einem Pflaster und einer Augenklappe sicher verbunden.

Mit dem rechten Auge konnte sie derzeit noch so gut wie nichts sehen, dies sollte in einer weiteren Operation 14 Tage später ebenfalls korrigiert werden.

Leni rannte an ihr vorbei auf die Straße.

Von weitem hörte sie bereits das Martinshorn, und kurz darauf bog auch schon der Krankenwagen mit Blaulicht in die kleine Straße am Waldrand ein. Leni winkte aufgeregt und trat von einem Bein aufs andere. Gleichmäßig hickste sie vor sich hin.

Die Sanitäter hatten sie schnell bemerkt und parkten direkt vor dem Haus.

Sie sprangen aus dem Auto, schnappten sich einen großen Koffer und liefen auf Leni zu. Als sie näherkamen bemerkten sie anscheinend Lenis

Beeinträchtigung und fragten sie dementsprechend vorsichtig: „Hast du uns angerufen? Bist du Magdalena?"
Leni nickte nur und brachte kein Wort heraus.

Durch den Lärm des herannahenden Martinshorns war Oma Bachmeier schlagartig wachgeworden und von ihrem Stuhl aufgesprungen. Da sie aber nicht sehen konnte, wer vorm Gartentor stand und auch noch nicht völlig wach war, rief sie wütend: „Wir kaufen nix, schaut`s, dass´ Euch schleicht`s!"

Leni stand am Gartentor und stotterte: „General! Schreie! Hicks! Schmerzen! Klopfen! Erster Stock! Hicks!"
Die Sanitäter versuchten aus dem Gestammel schlau zu werden und fragten nach, ob der verletzte Herr im ersten Stock sei?
Leni nickte ganz eifrig. „Schlüssel steckt!" schob sie noch hinterher und schon stoben die Sanitäter davon.

Oma Bachmeier fuchtelte mit ihrem Strickzeug in der Luft herum und rief, jetzt deutlich erbost: „Ich habs doch gsagt, wir kaufen nix, wo rennts ihr denn hin? Hallo, was soll denn das?"

Doch die Sanitäter waren schon auf dem Weg ins Haus und beachteten Oma Bachmeier überhaupt nicht.

Als sie in den ersten Stock zu Herrn Detterbeck stürmten, steckte Hauke den Kopf aus der Türe, er hatte zwar nichts gehört, aber die Spiegelung des Blaulichts in seinem Fenster bemerkt. Als er Leni in der Wohnung nicht finden konnte, wollte er eben mal schnell nach ihr sehen.

Irritiert sah er den Sanitätern nach und schloss in der ersten Verwirrung sicherheitshalber erst einmal die Türe. Das war zu viel Aufregung an seinem Ruhetag, da musste er sich doch glatt einmal wieder sammeln. Was hatte Leni denn nun wieder angestellt.

Just in diesem Moment bog Sepp in seinem grünen Jeep in die Straße ein. Als er den- vor der Haustüre stehenden Krankenwagen bemerkte, stockte ihm erst einmal der Atem. Was mochte bloß vorgefallen sein?

Die Aufregung mit der Entführung von Johanna und die Sorgen, die er sich damals um Leni und Hauke gemacht hatte, steckten ihm noch tief in den Gliedern.
Schnell stellte er den Motor ab und sprang aus dem Wagen.
Neben dem Gartentor stand immer noch die zitternde und hicksende Leni, wenige Meter dahinter stand die, mit Stricknadeln wild in der Luft herumstochernde Oma Bachmeier, die immer noch rief: „Schleicht`s euch, schleicht`s euch, ihr habt`s hier nix zu suchen…!"
Er wurde aus diesem Szenario nicht schlau. Von den anderen Bewohnern des „Ich und Du Hauses" war niemand zu sehen. Was mochte bloß vorgefallen sein?

Vorsichtig beugte er sich zu Leni hinab und schaute sie fragend an. Ihr war die Erleichterung, jemand zu sehen, den sie kannte und dem sie vertraute, sofort anzumerken - und die Tränen begannen zu laufen-
Sie brachte unter Hicksen nur das Wort „General" heraus, und schon lief Sepp los.
Leni blieb bibbernd und kreidebleich neben dem Gartentor stehen.

17.

Als Sepp die Treppe hinauf-stürmte, waren die Sanitäter bereits in der Wohnung des Generals verschwunden. Sie fanden den laut vor sich hin schimpfenden alten Mann in seinem sogenannten „Kriegszimmer" am Boden liegend.
Mitten in einer imaginären Schlacht war er anscheinend zwischen all den verstreuten Landkarten auf seinem- auf den Boden gefallenen Kompass ausgerutscht und gestürzt.
Die Sanitäter hatten große Schwierigkeiten, zu einer ersten Untersuchung an den General heranzukommen. Dieser fuchtelte immer wieder mit seinem Gehstock, mit dem er anscheinend versucht hatte, wieder auf die Beine zu kommen, in der Luft herum und schlug nach den beiden Männern.

Er schimpfte unentwegt vor sich hin, nur unterbrochen von kurzem Aufstöhnen, wenn er sich zu schnell bewegte und ihm der Schmerz kurzfristig den Atem nahm.

Er rief ständig: „Weggetreten, der Feldarzt soll kommen, von Zivilisten lasse ich mich nicht behandeln...!" und so weiter.
Erst als Sepp sich zwischen den Sanitätern hindurchzwängte, schien der General kurz inne zu halten.

Sepp nutzte die Gelegenheit, kniete sich zu ihm auf den Boden und bedeutete den Männern vom Rettungsdienst, kurz zu warten.
Er erklärte dem General mit salutierender Hand am Kopf, dass er zu vermelden habe, dass der Herr General wohl im Kampf verwundet wurde.
Aufgrund der andauernden kriegerischen Auseinandersetzungen sei kein Militärarzt zu erreichen, weswegen es nötig war, dass ziviles Fußvolk ihn versorge.
Er würde in ein Militärkrankenhaus gebracht werden, wo man zügig für Abhilfe seines desolaten Gesundheitszustandes sorgen würde...

Das war die Sprache, die der General verstand!!

Die Sanitäter standen sprachlos daneben und bestaunten das Schauspiel.
Schnell wurde ihnen aber klar, dass der alte Herr ein wenig aus der Zeit gefallen zu sein schien.
Sie warfen Sepp einen fragenden Blick zu, welchen dieser mit einem auffordernden Nicken beantwortete.
Die Rettungskräfte zwinkerten Sepp nickend zu und spielten ab sofort das Spiel mit. Sie nahmen Haltung an, salutierten kurz vor dem General a.D. und begannen dann mit ihrer Arbeit.
Wortlos ließ der Herr Detterbeck sich daraufhin von den Sanitätern untersuchen, sich ein Schmerzmittel verabreichen, das ihn in einen leichten Dämmerschlaf versetzte, und anschließend auf der, mittlerweile in den ersten Stock gebrachten Trage in den Krankenwagen bringen.
Sepp suchte inzwischen in der Küchenschublade die Unterlagen vom

General und gab, so gut er konnte, Auskunft über den Gesundheitszustand, diverse Vorerkrankungen und verordnete Medikamente.

Er teilte den Männern auch mit, dass General Detterbeck a.D. schon sehr verwirrt war und sich, wie sie inzwischen selber bemerkt hatten, immer noch in seiner Welt als General wähnte.

Er versprach, so schnell als möglich ins Krankenhaus hinterher zu kommen.

Da es keine Verwandten oder enge Freunde vom General gab, hatten die Bewohner des „Ich + Du-Hauses" schon vor langer Zeit vereinbart, die Betreuung für ihn zu übernehmen. In einer lichten Stunde von Herrn Detterbeck hatte Sepp mit ihm eine Vollmacht angefertigt, die ihn zum Interessen-Vertreter des Generals benannte und es ihm so ermöglichte, in Notfällen für den General zu sprechen.

Der General war mittlerweile im Krankenwagen erstversorgt worden, er war jetzt ganz ruhig und schien zu schlafen. Als alle Unterlagen und Kontaktdaten ausgetauscht waren, machte sich der Krankenwagen ganz langsam auf den Weg in die Klinik.

Vor der Abfahrt kurbelte der Sanitäter noch kurz das Fenster herunter und winkte Leni, die immer noch wie erstarrt neben dem Gartentorr stand, zu sich heran.

Er lobte sie für ihren Anruf bei der Notrufzentrale und bestätigte nochmals, dass sie alles richtig gemacht hatte und dass nur dank ihrer Hilfe Herrn Detterbeck so schnell geholfen werden konnte.

Leni schniefte ganz laut, winkte dann zaghaft dem abfahrenden Krankenwagen hinterher und ging laut und gleichmäßig hicksend zurück in ihre Wohnung.

Oma Bachmeier hatte sich, nachdem sie nichts mehr gehört und schon Garnichts mehr gesehen hatte, zurück auf den Gartenstuhl gesetzt und war dann wieder eingeschlafen. Den Abtransport vom General hatte sie nicht mehr bemerkt.

Sepp hatte, nachdem der General endlich auf dem Weg ins Krankenhaus war, versucht, ein wenig Ordnung in das Chaos von Herrn Detterbecks

„Büro" zu bringen, war aber schnell an seine Grenzen gestoßen. Es gab einfach zu viel von allem, Karten, Bücher, alte Waffen, Instrumente, Ferngläser usw. über den ganzen Boden im Zimmer verstreut!

Sepp würde in den nächsten Tagen in Ruhe einmal für Ordnung sorgen. Vielleicht könnte ihn Gerda Bachmeier dabei ein wenig unterstützen.
Es war nicht damit zu rechnen, dass der General sehr schnell nach Hause zurückkehren würde.
Er löschte das Licht, das egal zu welcher Tag- und Nachtzeit beim General brannte, versperrte die Wohnung und nahm den Schlüssel mit zu sich nach Hause. Dann sauste er los ins Krankenhaus.

18.

Gegen Abend kehrten langsam alle Bewohner des „Ich + Du-Hauses" nach Hause zurück.
Sepp war noch im Krankenhaus, hatte aber mit einem Zettel an der Haustüre darum gebeten, dass alle um 18.00 Uhr in den Besprechungsraum im Keller kommen sollten, denn es gäbe wichtige Dinge zu berichten.

Außer Leni und ihm wusste ja noch kein Hausbewohner, dass heute Nachmittag etwas Schlimmes geschehen war.

Britta und Mike kehrten mit den Kindern vom Wildpark-Ausflug nach Hause zurück und steckten die beiden erst mal in die Badewanne, da sie voll Sand vom Spielplatz und schmutzig vom Streicheln der vielen Tiere waren. Bis um 18.00 Uhr würden sie sicher fertig sein.
Es war nicht ungewöhnlich, dass Neuigkeiten im Kellerraum verkündet wurden. Beide machten sie sich nicht weiter Sorgen wegen des bevorstehenden Treffens. Vielleicht würde Gabi in der Zwischenzeit die Aufsicht der Kinder übernehmen. Meist interessierten sich die Bachmeier-Kinder nicht weiter für Bekanntmachungen oder Besprechungen, ihre Mutter würde ihnen schon Bescheid sagen, wenn es etwas gab, was für die drei von Bedeutung war.

Mama Bachmeier war inzwischen auch zuhause angekommen und hatte den Zettel gelesen. Ihr hingegen passte der Termin heute gar nicht. Jetzt, nach dem Fußballspiel, wollte sie eigentlich Luggi ins Bett bringen und dann das Abendessen vorbereiten, damit die Jungs, wenn sie nach Hause kamen, ordentlich zulangen konnten.

Sie begann, während sie Luggi fütterte, bereits mit dem Kochen. Es tröstete sie ein wenig, dass Eintopf bekanntlich sowieso am besten schmeckt, wenn man ihn wieder erwärmt.

Oma Bachmeier saß auf der Eckbank und versuchte die Wolle zu entwirren, die ihr heute beim Nachmittagsschlaf im Garten aus der Hand gefallen war und die sie- mit ihrem Gestochere nach den Sanitätern komplett verknotet hatte.

Hauke war immer noch mit Kopfhörern, seinem Ruhetag entsprechend, in seinem Zimmer. Der Trubel im Treppenhaus am Nachmittag war ihm zu viel gewesen. Er wollte gar nicht wissen, was da passiert war.

Heute war Sonntag, also Ruhetag, und der war ihm heilig, sollten sie doch die Neuigkeiten ohne ihn besprechen, Leni würde sowieso alles sofort weitertratschen…

Leni hingegen war noch so durcheinander von den Geschehnissen des Nachmittags. Sie saß völlig regungslos und in Gedanken versunken auf ihrem rosa Bett. Sie stierte Löcher in die Wand, während sie sehnsüchtig auf Sepp wartete.

Der hatte ihr versprochen, gleich nach dem Krankenhaus vorbeizukommen um ihr zu berichten, wie es dem General ging.

Sie wagte sich nicht aus der Wohnung, um Sepp auf keinen Fall zu verpassen. Sie hatte den Zettel, den er vor seiner Abfahrt an der Haustüre angebracht hatte, ebenfalls noch nicht bemerkt.

Gegen halb sechs kam Sepp endlich vom Krankenhaus zurück, und sein erster Weg führte ihn, wie versprochen, zu Leni, da er wusste, wie sehr sie die Geschehnisse des Tages aufgewühlt hatten.

Er öffnete die Wohnungstüre zu Lenis und Haukes Wohnung. Wie immer steckte der Schlüssel, also weder im Wohnzimmer noch in der Küche traf er die beiden an. Er klopfte an Lenis Zimmertüre und hörte ein leises „Herein!"

Leni saß auf dem Bett und hatte die Hände vor den Mund gepresst, als erwarte sie das Allerschlimmste. Sepp setzte sich neben sie aufs Bett und nahm sie in den Arm.

„Dem General geht es soweit gut!" sagte er in beruhigendem Tonfall.
„Er hat sich beim Sturz den Oberschenkel gebrochen und wird gerade operiert. Er ist ein zäher Bursche und steckt das bestimmt gut weg. Er muss einige Zeit im Krankenhaus bleiben und geht dann auf Reha, um wieder völlig gesund zu werden. Du musst dir keine Sorgen mehr machen!
„Du hast das heute übrigens ganz toll gemacht und super reagiert, ich bin sehr stolz auf dich!"
Aufmunternd streckte er den Daumen in die Luft und zwinkerte Leni zu.

Leni zog nun hörbar die Luft ein und seufzte: „Da bin ich aber froh, der General hat soo laut geschrien und um Hilfe gerufen. Ich trau mich doch nicht in seine Wohnung, ich hatte wirklich große Angst! Ich hab dran gedacht, was Britta mir immer gesagt hat, und Gott sei Dank hat es geklappt!"

Nun war sie ebenfalls ein wenig stolz, weil sie alles richtig gemacht hatte, und dankbar, dass Britta ihr immer und immer wieder eingebläut hatte, was sie in einem Notfall tun musste. Ständig hatte sie die Notruf-Nummer abgefragt sowie die 5 W-Fragen. Leni war schon richtig genervt gewesen, jetzt aber war sie umso erleichterter, dass Britta so hartnäckig gewesen war.

Plötzlich huschte ein Lächeln über ihr Gesicht, am Montag würde sie wieder in der Klinik bei der Arbeit sein, da konnte sie den General bestimmt besuchen und persönlich nachschauen, wie es ihm ging.
Ihre Laune besserte sich sofort, und sie umarmte Sepp stürmisch.

Dieser, völlig verwirrt von Lenis plötzlichem Stimmungsumschwung, sah sie fragend an.
„Was geht dir nun wieder durch den Kopf?"
Leni erzählte ihm begeistert, dass sie am Montag in ihrer Mittagspause den General besuchen würde und heute gleich mit Britta einen Kuchen backen möchte, den sie dann mit ins Krankenhaus nehmen kann.

Der General würde sich bestimmt freuen, er liebte doch Kuchen!!

Sie hatte vor lauter Aufregung ganz rote Backen bekommen und wollte schon aus der Türe stürmen und Britta von ihren Plänen erzählen, als Sepp sie zurückhielt.

„Die Anderen wissen doch noch gar nichts vom Unfall!" sagte er milde.
„Ich habe für 18.00 Uhr ein Treffen im Besprechungsraum einberufen, dann können wir ihnen gemeinsam erzählen, was passiert ist, und besprechen, wie es weitergehen soll!"
Enttäuscht ließ Leni den Kopf sinken, aber wahrscheinlich war es richtig, allen gemeinsam vom Unfall des Generals zu berichten.

„Aber danach darf ich Kuchen backen?" fragte sie hoffnungsvoll.
Sepp nickte, und sie vereinbarten, sich gleich im Keller zu treffen.
Leni wollte Hauke Bescheid geben, und Sepp würde in der Zwischenzeit für Getränke sorgen und die anderen Bewohner in Empfang nehmen.

19.

Nach und nach trudelten alle Hausbewohner im Besprechungsraum ein.
Gerda Bachmeier hatte Oma Bachmeier untergehakt und die missgelaunten Zwillinge im Schlepptau.
Die beiden hatten zum wiederholten Mal ein Fußballspiel verloren und waren nun hungrig und schweigsam zuhause gekommen. Das Einzige, was ihr Gemüt heute noch erhellen könnte, war der angekündigte Kartoffeleintopf mit Wiener Würstchen, den ihnen ihre Mutter versprochen hatte. Sich jetzt hier im Keller irgendwelche langweiligen Nachrichten anzuhören, passte ihnen überhaupt nicht.
Ihre Mutter jedoch hatte darauf bestanden, dass sie mitkommen, denn sie befürchtete, dass die beiden sich in ihrer Abwesenheit über das Abendessen hermachen würden.

Nun zwängten sich die beiden ganz nach hinten auf die Eckbank und warteten übellaunig auf das, was kommen würde.

Oma Bachmeier wirkte verunsichert, denn normalerweise war um diese Zeit nichts mehr los, und sie saß bequem bis zum Abendessen in ihrem Ohrensessel und strickte.

Gabi Bachmeier war als einzige der Familie nicht mitgekommen. Sie kümmerte sich, auf Bitten von Britta und Mike, während des Treffens um Finn und Marie. Brittas Bitte kam ihr allerdings auch sehr gelegen. Sie saß mit ihrem eigenen Sohn Luggi auf dem Schoss in Brittas Küche und fütterte die Kinder mit Apfelkompott, und nebenbei telefonierte sie mit Franz. Franz spielte in der Herren-Mannschaft des Fußball-Vereins ihrer Brüder und war gleichzeitig deren Trainer. Sie hatten sich vor kurzem bei einem Jugendspiel kennengelernt, und seitdem telefonierten sie ständig oder schrieben sich Nachrichten.

Was interessierten sie da irgendwelche Neuigkeiten, die Sepp zu verkünden hatte. Bestimmt ging es wieder um den schlecht gemähten Rasen, das kaputte Tor- oder die abgebrochenen Rosen. Das sollten sich mal lieber ihre Brüder anhören, sie waren schließlich für das eine oder andere Ungemach verantwortlich.

Was waren schon öde Informationen gegen ein Telefonat mit einem durchtrainierten Fußballspieler mit strahlend blauen Augen und dessen Begabung, ihr schöne Dinge ins Ohr zu flüstern.

Da bahnte sich anscheinend etwas an...

Britta und Mike kamen nun, als sie die Kinder an Gabi übergeben hatten, ebenfalls in den Besprechungsraum und setzten sich- erwartungsvoll und neugierig zu den anderen an den Tisch.

Sepp wirkte angespannt, was alle Anwesenden beunruhigte.

Als Letzte kamen nun Leni und Hauke in den Keller gestürmt, das heißt, Leni stürmte und zog Hauke, der immer noch den Kopfhörer aufhatte, hinter sich her.

Hauke hatte anfangs nicht mitkommen wollen, schließlich war heute Ruhe-

Tag. Leni aber war so aufgeregt gewesen, dass er ihr schließlich doch, wenn auch nur unter Protest, in den Keller folgte.

Sepp wollte gerade beginnen, von den Ereignissen des Tages zu berichten, als ihn alle Bewohner fragend anblickten. „Wollen wir denn nicht auf den General warten?" kam es fast gleichzeitig von allen Seiten.
Nun räusperte sich Sepp, und man merkte ihm an, dass es ihm schwerfiel, diese Nachricht zu verkünden. „Um den General geht es heute!" teilte er den irritierten Bewohnern des „Ich + Du-Hauses" mit.

Er erzählte vom Sturz des Generals, von seiner schweren Verletzung und von Lenis mutiger Hilfsaktion. Er berichtete, dass der General gerade operiert wurde.
Schweigen machte sich breit.

Die Zwillinge sahen sich betroffen an, sie hatten schon wieder etwas verpasst...
Ein Krankenwagen mit Sirene vor ihrem Haus, Sanitäter, ein verletzter General und sie nicht dabei – nur Leni!
Schon wieder stand Leni, trotz ihrer Behinderung, als Heldin da...
Das konnte doch nicht wahr sein!
Zum verlorenen Fußballspiel kam nun auch noch der Ärger über eine verpasste Gelegenheit, sich endlich auch einmal wichtigmachen zu können.

Sie warfen Leni verstohlen böse Blicke zu, aber die war immer noch so aufgewühlt, dass sie diese gar nicht bemerkte.
Mama Gerda sah ebenfalls sehr betroffen drein, aber aus einem anderen Grund als ihre beiden Rabauken.
Selbst wenn der General schwierig, laut und teilweise schon sehr verwirrt war, mochte sie ihn im Stillen doch, und es tat ihr leid, was ihm zugestoßen war.
Tränen füllten ihre Augen, und sie wischte sie verstohlen weg.
Das passte nicht zu der starken, unabhängigen Frau, die sie vorgab zu sein.
Während sie kräftig in ein Taschentusch- mit dem Monogramm ihres geschiedenen Mannes- schnäuzte, fiel ihr plötzlich ein, dass Oma ja den

ganzen Nachmittag zuhause gewesen war.
Sie hatte überhaupt nichts von den Geschehnissen erzählt?!
Sie drehte sich zu ihrer Mutter um und sah sie fragend an.
Oma Bachmeier wirkte sichtlich verwirrt, als könne sie sich das alles nicht erklären.
„Ich hab niemand gesehen!" sagte sie, was bei ihrer Sehbehinderung auch nicht sonderlich verwunderlich war...
„Ich hab so gut geschlafen, dabei hatte ich sogar einen Traum.
Ich habe geträumt, dass jemand bei uns einbrechen wollte, aber die Kerle hab ich mutig mit meinen Stricknadeln in die Flucht geschlagen!!"
Sie machte dabei eine Bewegung, als würde sie mit einem Degen zustoßen.

Hans und Peter lachten: „Geh Oma, du würdest doch eh´ niemand treffen, weil du den Gegner überhaupt nicht siehst!"
Oma Bachmeier ließ die Schultern sinken und überlegte.

Sie war sich plötzlich nicht mehr sicher, ob sie wirklich geträumt nur hatte.
Die Maschen der angefangenen Socken waren erstaunlicherweise alle von den Stricknadeln gefallen und ihre Wolle war saumäßig verknotet.
Es würde Stunden dauern, bis sie diese wieder entwirrt hatte.
Fragend und unsicher blickte sie in die Runde, denn sie konnte sich wirklich an nichts erinnern. „Aber gehört habe ich doch auch nichts" seufzte sie kopfschüttelnd.
Das verwirrte nun auch die anderen Bewohner.
Oma, die kaum noch etwas sehen konnte, aber hörte wie ein Luchs, wollte die Sirene nicht bemerkt haben?

Das war nun wirklich besorgniserregend!

Gerda blickte in die Runde und flüsterte ganz leise: „Mama, magst ein Mon Chéri?" Omas Lieblingspralinen...
Sofort zeigte sich ein Grinsen auf Omas Gesicht und sie sagte: „Sowieso, aber nicht wieder nur eins...!"
Gott sei Dank, hören konnte sie - so gut wie immer, was wohl an den wieder eingelegten Hörgeräten lag.

Alle Bewohner lachten nun erleichtert auf, auch wenn Oma Bachmeier nicht verstand, warum.

Mike und Britta waren die ersten, die sich nun über das weitere Vorgehen und die mögliche Aufgabenverteilung Gedanken machten.
Irgendwer musste aus der Wohnung des Generals Wäsche und Toilettenutensilien holen und sie ihm ins Krankenhaus bringen.
Auch nach möglichem Essen im Kühlschrank und offenen Fenstern in der Wohnung musste man sehen.

Leni duckte sich, nein, selbst wenn der General nicht zuhause war, wollte sie diese Wohnung nicht betreten. Sie erinnerte sich mit Grauen an die vielen ausgestopften Tiere an der Wand im Flur. Sie erinnerte sich auch an den Geruch alter Füße…
All das hatte sie selbst gesehen und gerochen, als sie damals in der Wohnung des Generals auf der Suche nach einem geeigneten Versteck für die Tasche mit dem Lösegeld war.
Nein - sie würde die Wohnung nie mehr betreten!

Hauke käme auf gar keinen Fall in Frage, er würde Dinge anderer Menschen sowieso niemals anfassen.
Kleidung, Schuhe oder womöglich sogar eine Zahnbürste, nein, das war unmöglich! Soviel Seife zum Händewaschen gab es auf der ganzen Welt nicht…
Er schüttelte mit zugekniffenen Augen den Kopf und vergrub seine Hände zur Bekräftigung seiner Abneigung in den Hosentaschen.

Sepp ergriff nun wieder das Wort. Er musste morgen sowieso nochmal ins Krankenhaus fahren, da es noch einige Formalitäten zu erledigen gab, da konnte er gleich die Dinge für Herrn Detterbeck mitnehmen.
Da er außerdem auf die Wache musste wegen der, immer noch unaufgeklärten Diebstähle im Krankenhaus, könnte er beides verbinden und auch gleich noch einige Zeugenaussagen dort einholen.

Gerda Detterbeck bot sich an, den Kühlschrank auszuräumen und mal ordentlich beim General durchzuwischen, das könne ja bestimmt nicht schaden.

Da sie noch nie beim General in der Wohnung gewesen war, hatte sie keine Ahnung, dass es beim Durchwischen nicht bleiben würde...

Britta und Mike wollten die Besuchsdienste übernehmen, da beide von zuhause aus arbeiteten, bzw. Britta im Mutterschutz war und sie so tagsüber Zeit hatten, ins Krankenhaus zu fahren. Damit schienen vorerst alle dringlichen Aufgaben vergeben zu sein.

Leni zappelte nervös auf ihrem Stuhl herum.
Genug geredet!
Sie wollte endlich Kuchen backen, denn damit konnte sie auf ihre Art etwas für den General tun.
Sie freute sich schon auf seinen erstaunten Gesichtsausdruck, wenn sie am Montag- in ihrer Mittagspause mit dem Kuchen vor seinem Krankenbett stehen würde. Hoffentlich ging es ihm bis dahin besser.

Niemand fiel auf, dass Hans und Peter, die Zwillinge, sich vielsagende Blicke zuwarfen...
Der General war nicht zuhause und würde auch so schnell nicht zurückkommen!
Da könnte man doch mal, einfach so, unverbindlich einen Blick in seine Wohnung werfen...
Sie hatten schon allerhand spannende Geschichten gehört über Waffen, Orden und weitere Militärutensilien, die sich dort befinden sollten.
Das könnte man sich doch mal ansehen...

Die Versammlung löste sich auf und alle gingen nachdenklich, besorgt und ein wenig traurig in ihre Wohnungen zurück.
Bis auf die Zwillinge, diese waren freudig erregt.
Sie schmiedeten schon Pläne für ihre baldige Besichtigungstour.

Kurz darauf stand Leni, bekleidet mit einer rosafarbenen Schürze in Brittas

Küche und rührte in einer großen Schüssel den Kuchenteig. Sie erledigte diese Aufgabe hochkonzentriert und mit- vor Aufregung geröteten Wangen. Im Kindersitz neben ihr saß Marie und beobachtete Leni aufmerksam. Hin und wieder steckte Leni den Finger in den Teig und ließ Marie probieren. Diese jauchzte dann vor Vergnügen.

Ihr ganzes Gesicht war mittlerweile mit Teig verschmiert, selbst in ihren Haaren fanden sich erste verklebte Strähnen. Finn konnte dieser Beschäftigung nichts abgewinnen, er saß am Boden und spielte mit seinen Autos. Anscheinend stellte er den Polizei - und Krankenwagen-Einsatz nach. Mit lautem Lalü - Lalü schob er seine Autos durch die Küche. Britta, die den Ofen vorgeheizt hatte und nun die Backform mit Butter auspinselte, musste aufpassen, dass sie nicht über ihn und seine Fahrzeuge stolperte.

„Da wird sich der General bestimmt freuen, wenn du ihm morgen diesen Kuchen vorbeibringst!" sagte Britta, als sie wieder zum Tisch kam. „Er mag Süßes ja eh´ so gern!".
Sie öffnete ein Glas mit den Kirschen, die auf dem Kuchen verteilt werden sollten. Plötzlich war Finns Interesse geweckt…
Kirschsaft war seine große Leidenschaft.
Britta goss ihm deshalb den Saft ab und reichte ihm den Becher. In wenigen Zügen stürzte Finn das leckere Getränk hinunter.
Zurück blieb ein großer roter Rand um seinen Mund, der ihm, zu dem ganzen Krach, auch noch ein schauerliches Aussehen verlieh, als er wieder mit lautem Lalü- Lalü seinem Krankenwagen durch die Küche schob.

Leni goss mit hochkonzentrierter Miene den fertigen Teig in die Form und verteilte die Kirschen liebevoll darauf, in einem, von ihr erdachten, Muster. Herr Detterbeck würde Augen machen!
Jetzt nur noch schnell aufräumen und den Kuchen in den Ofen schieben, dann war für heute Feierabend.

Britta freute sich ebenfalls auf einen ruhigen Abend nach all der Aufregung.

Für morgen hatte sie sich mit Gerda Bachmeier in der Wohnung des Generals verabredet, um dort nach dem Rechten zu sehen und, wenn nötig, für Ordnung zu sorgen.

Hauke hatte sich, trotz ausdrücklicher Einladung von Leni, nicht am Kuchen-backen beteiligen wollen.
Für ihn war es fürchterlich, wenn er Teig an die Finger bekam oder wenn er mit klebrigen Dingen hantieren musste.
Er hatte lieber in der Zwischenzeit das Abendbrot für Leni und sich zubereitet und wartete nun in der Küche ungeduldig auf ihr Erscheinen.
Sie kam mit ihrer teig-beschmierten und mehl-verstaubten Schürze und setzte sich an den Tisch.
Hauke warf ihr einen vorwurfsvollen Blick zu und machte eine geringschätzige Bemerkung, die Leni aber nicht sofort verstand.
Er konnte nicht begreifen, wie man sich so gehen lassen konnte.
Heute war doch Sonntag, und da hatte man sich anständig anzuziehen.
Er deutete mit den Fingern auf die Schürze und auf die vollgekleckerten T-Shirt-Ärmel.
Leni wusste, dass es keinen Sinn machen würde, so mit ihm zu Abend zu essen. Sie lief kurzerhand in ihr Zimmer, entledigte sich der Schürze und zog ein frisches T-Shirt an. Jetzt konnten sie entspannt zusammen essen, und die Stimmung war gerettet.
Gemeinsam spülten sie im Anschluss das Geschirr und jeder begab sich in sein Zimmer.
Beide hingen ihren Gedanken nach, und jeder versuchte auf seine Art, die Erlebnisse des Tages zu verarbeiten

Leni war so aufgeregt, da sie morgen wieder ins Krankenhaus zum Arbeiten fahren durfte und dort auch gleich den General besuchen wollte, dass sie es kaum schaffte, ruhig zu werden.
Sie sah sich eine Tiersendung an, um auf andere Gedanken zu kommen.

Hauke hingegen beobachtete starr seine Uhr und versuchte, sie mit Blicken anzuhalten, um die verlorene Zeit wieder aufholen zu können.
Als dies nicht klappen wollte, legte er sich auf sein- akkurat gemachtes Bett

und löste zur Ablenkung ein Kreuzworträtsel.

Daran konnte man erkennen, dass auch ihn die Dinge mehr beschäftigten als gedacht, denn mit Tag-Kleidung auf dem Bett zu liegen war in seinem Regelwerk normalerweise nicht erlaubt.

Heute hatte er schlicht vergessen sich umzuziehen.

20.

Montagmorgen holte Sepp aus der Wohnung des Generals alles, was dieser auf die Schnelle für seinen Krankenhausaufenthalt benötigte.

Anschließend fuhr er an der Polizeistation in Sonnwang vorbei, holte dort sein Notizbuch, in dem er sich die Namen von diversen Zeugen vermerkt hatte, die noch zu befragen waren, und er nahm eine Auflistung der- aus dem Krankenhaus gestohlenen Dinge mit.

Es waren Dinge, die in keinerlei Zusammenhang miteinander standen und aus denen sich auch kein Täterprofil ableiten ließ, so dass die Polizei weiterhin völlig im Dunkeln tappte.

Es waren zwei teure Damen-Uhren aus Nachtkästchen verschwunden, aber auch Filzhausschuhe Größe 39. Aus einem Schrank waren eine Winterjacke mit Pelzkragen- sowie diverse Parfüms verschwunden, - Kosmetikartikel aus den Bädern der Patienten, aber auch eine Dose, in der eine Prothese verwahrt worden war.

Ein altes Tastenhandy, das völlig wertlos war, verschwand ebenso- wie die Biografie des Komikers Heinz Erhardt vom Nachttisch eines älteren Herrn.

Goldene Ohrringe mit Perlen, ein Ring mit einem blauen Stein und zwei Schachteln Pralinen zählten außerdem zum Diebesgut des unbekannten Täters oder der unbekannten Täterin.

Die Polizei vermutete mittlerweile, dass es sich um eine Diebin handelte, da die meisten der gestohlenen Dinge passend oder interessant für eine Frau wären.

Es könnte aber auch ein Dieb sein, hatte Fritz, der Polizisten-Azubi

angemerkt.
Der Dieb könnte die gestohlenen Dinge vielleicht als Geschenk für seine
Freundin brauchen. Womöglich hatte der Dieb ja nicht genug Geld, um
Aufmerksamkeiten für sie zu kaufen.

Ob Fritz sich mit solchen Problemen auskannte?
Seine Angebetete, Kathi, die Tochter des Bäckers, wollte bestimmt immer
mit besonderen „Aufmerksamkeiten" verwöhnt werden....

Sie ließ Fritz schon lange an der ausgestreckten Hand verhungern,
aber er war so verliebt in sie, dass er gar nicht bemerkte, dass sie ihn nur
ausnutzte.
Wenn sie ins Nachbardorf wollte um shoppen zu gehen, war Fritz mit
seinem alten Golf gerade recht, um sie und ihre Einkaufstaschen zu
chauffieren.
Wenn sie am Wochenende aus der Disco in Rosenheim abgeholt werden
wollte, rief sie schon mal mitten in der Nacht bei Fritz an.
Dieser sprang auch immer sofort in sein Auto, um „seine" Kathi abzuholen,
selbst wenn er dann am Morgen mit kleinen Augen und völlig übermüdet in
der Dienststelle erschien.
In den nächsten Tagen- hatte Kathi dann wieder keine Zeit für ihn- oder
andere Verabredungen, und meist hatte sie nicht mal ein Dankeschön für
ihn übrig.
Trotz alledem klammerte Fritz sich an die Hoffnung, dass sie ihn eines
Tages genauso gern hätte, er müsste nur Geduld haben, und davon hatte er
reichlich...

Sepp und Martl hatten über den Einwand von Fritz, dass es auch ein Mann
sein könnte, kurz nachgedacht, ihn aber dann doch verworfen.

Es gab keine Krankenpfleger auf den betroffenen Stationen, und selbst
wenn, würden diese bestimmt ihre Freundinnen nicht mit gestohlenen
Dingen beschenken.
Das klang für beide Polizisten eindeutig zu weit hergeholt.

Sepp saß vor dem Krankenhaus in seinem grünen Jimmy und dachte nach. Wer könnte diese Dinge gebrauchen- oder wo könnte man so ungewöhnliches Diebesgut eventuell zu Geld machen...

Er konnte sich einfach keinen Reim auf diese sonderbare Diebstahlserie machen.

Er würde den Hausmeister befragen müssen, ob es irgendwo im Krankenhaus einen Raum gab, wo man die gestohlenen Dinge vielleicht zwischenlagern oder verstecken könnte.

Man konnte doch nicht einfach mit einem Pelzmantel über der Schulter aus dem Krankenhaus marschieren.

Er müsste die Personalleitung fragen, ob seit Beginn der Diebstahlserie neues Personal eingestellt worden war, oder es Kündigungen gegeben hatte.

Eventuell fühlte sich ein Mitarbeiter zu Unrecht entlassen und rächte sich auf diese Weise?

Wenn die andauernden Diebstähle publik werden würden, könnte das dem Ruf des Krankenhauses großen Schaden zufügen, und auch die Polizei würde sich einiges anhören müssen, weil sie nichts gegen den Dieb unternahm- bzw. ihn nicht zu fassen bekam.

Mit den Schwestern der einzelnen Stationen würde er nochmal ausführlich sprechen müssen. Er wollte wissen, ob ihnen etwas eingefallen war, was sie bisher noch nicht zu Protokoll gegeben hatten.

Oft fiel einem Zeugen erst nach Tagen ein wichtiger Vorfall oder ein wichtiges Detail ein.

Das könnte heute ein langer Tag werden.

Als erstes wollte er aber auf alle Fälle nach dem General sehen und ihm seine persönlichen Sachen vorbeibringen. Hoffentlich hatte dieser die OP gut überstanden.

Nachdem er sich an der Pforte angemeldet hatte, machte Sepp sich auf den Weg in den zweiten Stock, in die Station der Orthopädie.

Dorthin war der General bereits heute früh von der Wachstation verlegt und in einem Einzelzimmer untergebracht worden.
Das klang vielversprechend, anscheinend war der General doch zäher als vermutet.

Auf der Station angekommen, steuerte Sepp jedoch als erstes das Schwesternzimmer an. Dort saß heute Schwester Hannelore, die kannte er schon von einer vorangegangenen Befragung wegen des Diebstahls einer wertvollen Damen-Uhr vor ein paar Tagen.

Die Patientin aus Zimmer Nummer 206 hatte Anzeige erstattet.
Hannelore zog die Stirn in Falten, als sie Sepp erblickte. Sie vermutete, dass jetzt wieder eine langwierige Befragung folgen würde, doch dafür hatte sie heute überhaupt keine Zeit. Eine ihrer Kolleginnen war erkrankt, die Stationsleitung Barbara saß ihr mit der Medikamentenbestellung im Nacken, und dann dieser Neuzugang...
Ein gewisser Herr Detterbeck!!

Der hielt sie und ihre Kollegin ordentlich auf Trapp. Er war frühzeitig aus der Überwachungsstation zurück auf die Orthopädie verlegt worden, weil er dort Schwestern und Pfleger- sowie die anderen frisch operierten Patienten, mit seinem lauten Gebrüll völlig verrückt gemacht hatte.
Hier auf der Station machte er munter so weiter.
Er forderte eine anständige Haltung, schickte die Schwestern zum Wasser fassen, befahl ein flotteres Tempo, und außerdem gefiel ihm die Art und Weise der Meldung nicht, die gemacht wurde, wenn eine Schwester das Zimmer betrat.
Es war erstaunlich, wie er, nach so einer schweren Operation bereits wieder dermaßen lautstark herumkommandieren konnte.
Da hatte Hannelore der Kommissar mit seiner Fragerei gerade noch gefehlt...

Sepp hingegen war sehr erfreut, Schwester Hannelore zu sehen.
Erstens erhoffte er sich Auskunft über den Gesundheitszustand des Generals, und zweitens fand er sie außerordentlich hübsch.

Ihre roten Haare, die in langen Wellen über ihren Schwesternkittel fielen, der an einigen Stellen reizvolle Kurven vermuten ließ, und ihr freundliches Lächeln waren Sepp sehr deutlich in Erinnerung geblieben.
Er hatte bei der letzten Befragung sogar ein wenig Herzklopfen gehabt...

Heute würde er sich aber ausnahmslos auf die wichtigen Dinge konzentrieren und keinen Blick in ihre wunderschönen grünen Augen werfen, das nahm er sich ganz fest vor.

Sepp begrüßte Schwester Hannelore mit einem freundlichen Lächeln, bemerkte aber ihren skeptischen Blick und die angespannte Miene.
Er wollte nicht mit der Polizeiarbeit, sprich mit der Tür ins Haus fallen, sondern teilte ihr mit, dass er Bekleidung und benötigte Hygiene- Artikel für den General, also Herrn Detterbeck dabeihabe und im Anschluss nur ein paar winzig kleine Fragen an sie hätte.
Er ließ offen, ob diese Fragen den General oder die Diebstähle betrafen.

Schwester Hannelore zuckte resigniert mit den Schultern und nahm ihm die Tasche mit der Kleidung ab. Sie setzte sich im Stationszimmer auf einem Stuhl und bot Sepp einen Platz ihr gegenüber an. „Wenn wir schon hier sind, fragen Sie doch gleich. Ich habe aber nur kurz Zeit!" merkte sie an, „also bitte beeilen Sie sich, hier ist heute der Teufel los und ihr „General" macht es uns zusätzlich schwer!"

Sepp konnte es nun doch nicht lassen, sie von oben bis unten zu mustern. Sie war wirklich eine hübsche Erscheinung. Wenn sie nur ein klein wenig lächeln würde, würde er sich auf der Stelle in sie verlieben...

Doch so begann er erst einmal mit seinen dringlichsten Fragen.
„Schwester Hannelore, wer hat alles Zugang zu den betroffenen Stationen? Wechseln dort die Pflegekräfte? Ist ein festes Team auf den Stationen? Gibt es Praktikanten, Assistenz-Ärzte, Besuche, die Sie noch nie gesehen haben?"

Hannelore zuckte mit den Schultern und trank einen Schluck aus ihrer Tasse. „Herr Kommissar, was denken Sie eigentlich, wie viel Zeit wir hier haben?

Glauben Sie, dass ich, während ich meine Arbeit zu verrichten habe, Zeit habe, andere Menschen zu beobachten? Wir sind ständig unterbesetzt und immer zu wenige Kollegen. Wie soll ich da auch noch ein Auge darauf werfen, wer die Station betritt, wer bei wem zu Besuch kommt und ob ich diese Person kenne?

Die Schwestern sind fest der Station zugeteilt, die Ärzte wechseln je nach Schicht.

Eigentlich gibt es feste Besuchszeiten, so dass nur während dieser Zeit Besucher auf der Station sein dürften, aber Sie kennen ja die Menschen, die halten sich nicht an das, was vorgeschrieben ist.

Immer wieder flutscht ein Besucher durch und meint, die Oma noch schnell nach Feierabend besuchen- oder der Mama in aller Frühe schon Rumkugeln vorbeibringen zu müssen.

Wie soll ich das alles überprüfen und kontrollieren?"

Sie zuckte mit den Schultern und wirkte ratlos und frustriert.

„Die Diebstähle beschäftigten mich und alle Kollegen sehr, es ist schlimm, dass hier ständig Dinge verschwinden!

Das Schlimmste daran ist aber, dass wir alle ebenfalls unter Verdacht geraten.

Meine Kolleginnen und ich müssen uns oft Vorwürfe von Angehörigen gefallen lassen, weil wir in ihren Augen nicht gut genug aufpassen.

Aber das stimmt doch nicht, wir haben einfach keine Zeit, alles ständig im Blick zu behalten!

Wenn Patienten, wie z.B. ihr Herr Detterbeck, auf die Station kommen, gerät der ganze Ablauf durcheinander, und eine Schwester ist nur mit der Pflege oder der Versorgung dieses Patienten beschäftigt.

Alle anderen Kolleginnen müssen die restliche Arbeit auffangen.

Ihr Herr General bringt mit seinem Geschrei und seinen Unverschämtheiten den ganzen Stationsablauf zum Erliegen.

Wir haben ihn schon in ein Einzelzimmer gelegt, um die anderen Patienten zu schonen, aber er schreit so laut, dass man es bis in das hinterste Zimmer der Station hört.
Erste Beschwerden von anderen Patienten sind schon eingegangen!!"

Sepp schmunzelte, das würde ja praktisch bedeuten, dass der General, trotz seiner schweren Verletzung wieder fast der Alte war.
Ein klein wenig freute er sich darüber, auf der anderen Seite konnte er aber auch die Probleme der Schwestern verstehen.
„Ich werde zu ihm gehen und versuchen, ihn zu beruhigen", meinte er. „Ich bringe ihm seine Sachen selber vorbei und versuche herauszufinden ob ihm etwas fehlt und was wir für ihn tun können. Vielleicht hört er ja auf mich!"

Schwester Hannelore wirkte erleichtert, sie schien sich darüber zu freuen, dass sie nicht mit ins Zimmer von Herrn Detterbeck musste bzw. Sepp ihr das abnahm.
Dieser überlegte kurz und meinte dann: „Ich komme, nachdem ich bei Herrn Detterbeck war, noch einmal bei Ihnen vorbei, mir sind da noch ein paar Fragen eingefallen...!"
Sicher war er sich jedoch nicht, ob es nur die Fragen waren, die ihn interessierten, oder ob er einfach noch ein wenig Zeit mit Schwester Hannelore verbringen wollte.

21.

Sepp nahm die kleine Reisetasche und verließ das Stationszimmer.
Bereits auf dem Weg über den Flur konnte auch er den General rufen hören.
„Ich habe Durst!! Ich will gefälligst etwas zu trinken!" schrie er. „Was ist das für eine schlechte Organisation!!

Sepp öffnete, ohne zu klopfen, ruckartig die Zimmertüre. Sofort verstummte der General, denn damit hatte er nicht gerechnet, dass jemand ohne anzuklopfen und zu salutieren sein Zimmer betrat.

Sepp sah, dass der General, gebettet in einem weißen Flügel -Nachthemd in blütenweißer Bettwäsche, einen hochroten Kopf hatte, der sich besorgniserregend vom blassen Hintergrund abgrenzte.

Anscheinend hatte er sich schon länger echauffiert über die in -seinen Augen erfolgte Vernachlässigung. „Oh, es wird aber auch Zeit, dass mich endlich jemand hört!" merkte er nun an.

Sein Tonfall war jedoch sofort etwas gedämpfter. Sepp setzte sich an den Bettrand und sagte mit vorwurfsvoller Miene: „Herr Detterbeck, so geht das nicht, sie können nicht die ganze Station hier auf Trab halten und alle Schwestern, Ärzte und das Reinigungspersonal herumkommandieren.

Es gibt auch noch andere Patienten, die Aufmerksamkeit benötigen und Pflege bedürfen!! Vielleicht wollen Sie mir erst einmal erzählen, wie es Ihnen geht?

Haben Sie die Operation gut überstanden? Haben Sie Schmerzen?"

Das war eindeutig die falsche Frage. „Natürlich habe ich Schmerzen!" brüllte der General, „Und was machen diese Stümper hier? Sie fordern mich auf, aufzustehen. Sie schicken mich ins Bad.

Sie erwarten von mir, dass ich mir selber die Zähne putze. Das sind Zustände wie im Straflager, ich werde hier behandelt wie ein Schwerverbrecher! Ich wünsche auf der Stelle und unverzüglich den Vorgesetzten dieser impertinenten Personen zu sprechen!!"

Sepp wusste, dass an dieser Stelle kein Dagegenreden half. Wenn der General sich in etwas verrannt hatte, konnte man ihn nicht beruhigen. Immerhin schien er ihn erkannt zu haben- oder wenigstens nicht als fremde Person und/oder als Befehlsempfänger abzutun.

Sepp ließ den General, ohne auf seine Vorwürfe einzugehen, kommentarlos im Bett liegen und begann, dessen Wäsche in den Schrank zu räumen und das Waschzeug im Bad zu verstauen.

Der General beobachtete ihn missmutig und bemängelte jede seiner Handlungen.

Erst war der Schlafanzug nicht ordentlich genug gefaltet und nicht korrekt in den Schrank gelegt, das Hemd sollte im rechten Winkel auf dem Bügel hängen. Die Schuhe -, keiner wusste, ob er diese so schnell wieder benötigen würde -, sollten exakt unter die Hose gestellt werden, die auf einem Hosenspanner hängen musste und so weiter und so weiter…
Als Sepp dann die Zahnbürste nicht in den Becher stellte, sondern danebenlegte lief das Fass über, und der General tobte lauthals: „Haben Sie nicht gedient? Hat Ihnen niemand Manieren beigebracht?".

Gut, dass Sepp ihn schon so lange kannte, er ließ sich erst gar nicht auf eine Diskussion mit ihm ein, und auch die Vorwürfe und Beschimpfungen nahm er nicht persönlich.
Er ging zum Tisch, schenkte ein Glas Wasser ein und stellte es Herrn Detterbeck auf dem Nachttisch. Er versuchte erneut, den General zu beruhigen. Er bat ihn, doch rücksichtsvoller zu sein und nicht so zu schreien, wobei er genau wusste, dass es kein bisschen helfen würde.

Die Schwestern würden sich einen dicken Pelz zulegen müssen für die nächsten Tage oder Wochen, solange der General hier auf der Station lag. Dieser trank das Wasser in einem Zug aus und ließ sich von Sepp noch einmal nachschenken.
Dann legte er sich zurück auf das Kissen und schloss die Augen: „Ich werde mich jetzt in meine Privaträume zurückziehen und erwarte Rücksicht von allen Beteiligten!"
Mit diesen Worten zog er sich die Decke bis unter die Nasenspitze und verstummte.
Diese Gelegenheit wollte sich Sepp nicht entgehen lassen und huschte aus dem Zimmer.
Doch der General konnte ihn nicht einfach so gehen lassen, er brüllte ihm hinterher: „Es wird gefälligst salutiert, Kamerad, bevor man einen General verlässt, haben Sie denn nichts gelernt beim Militär…!"
Sepp zuckte nur mit den Schultern und schüttelte den Kopf, der General war einfach nicht zu ändern.
Er schloss die Tür hinter sich und machte sich auf den Weg zurück ins Schwesternzimmer.

Schwester Hannelore stand vor der Türe und bestückte einen Wagen mit Medikamenten und Getränken. Sie wollte sich gerade auf den Weg machen, um die Patienten zu versorgen, und eine weitere Verzögerung durch Sepp konnte sie überhaupt nicht brauchen, deshalb schaute sie ihn an und sagte: „Sie sehen doch, wie viel ich zu tun habe, können wir die Befragung denn nicht wann anders durchführen? Ich muss bis 14:00 Uhr arbeiten, danach hätte ich Zeit und wir könnten in Ruhe sprechen."

Sepp traute seinen Ohren nicht, das klang ja wie eine Verabredung.
Hannelore wollte sich mit ihm außerhalb des Dienstes treffen...
Sein Herz begann laut zu klopfen. War das ein Rendezvous?
Hannelore holte ihn jedoch schnell wieder auf den Boden der Tatsachen zurück: „Wir können uns ja in der Cafeteria des Klinikums treffen, dort eine Tasse Tee zusammen trinken, und Sie stellen mir Ihre Fragen.
Ich habe eine halbe Stunde Zeit, bevor mein Bus fährt!"

Sepp, der nun wieder völlig ernüchtert war, zog die Stirn in Falten und meinte resigniert: „Gut, ich bin um 14:00 Uhr in der Cafeteria, dann besprechen wir alles Weitere!"
Er überlegte, ob er zurück ins Revier fahren sollte und dort noch Schreibkram erledigen, oder ob er sich einfach in den Garten zu seinen Rosen setzen sollte, bis es Zeit war, wieder ins Krankenhaus zu fahren.
Da sich der Himmel zuzog und am Horizont schwarze Wolken auftauchten, beschloss er, in die Polizeistation nach Sonnwang zu fahren und für morgen ein wenig vor-zu-arbeiten, Protokolle zu schreiben und Unterlagen zu sichten.
Am Nachmittag fuhr er dann zurück ins Krankenhaus und unterhielt sich mit Hannelore bei einer Tasse Tee, doch auch dieses Gespräch brachte ihn der Aufklärung der Diebstähle keinen Schritt näher. Er bedankte sich freundlich und machte sich auf den Heimweg. Er wollte wenigstens den Abend ruhig ausklingen zu lassen.

22.

Am nächsten Morgen kurz vor 6:30 Uhr stand Hauke bereits seit einer Viertelstunde singend unter der Dusche. Leni, voller Vorfreude, rannte in die gegenüberliegende Wohnung zu Britta, um ihren Kuchen abzuholen.
Sie hatte das liebevoll gebackene Exemplar gestern gar nicht mehr gesehen, da sie während des Fernsehfilms bereits eingeschlafen war.
Britta hatte den fertigen Kuchen mit Puderzucker bestäubt, und er duftete extrem verführerisch.
Sie hatte ihn in einen Karton gepackt, so dass Leni ihn unbeschadet mit dem Werkstattbus ins Krankenhaus transportieren konnte.

Oh, Leni hüpft vor Freude auf der Stelle und konnte ihre Aufregung kaum zügeln, und als sie später mit Hauke im Bus saß, hielt sie den Kuchen fest umschlungen auf ihrem Schoß.
Sie hatte heute ausnahmsweise sogar ihre rosa Handtasche zuhause gelassen und sich einen Rucksack auf den Rücken geschnallt, damit sie die Hände frei hatte. Der ganze Bus duftete verführerisch nach Kuchen.

Alle ihre- im Bus mitfahrenden Kollegen freuten sich schon, dass es heute in der Kaffeepause leckeren Kuchen gäbe.
Umso enttäuschter waren sie, als Leni Ihnen mitteilte, dass dieser Kuchen nur für den General sei.
Sie erzählte von ihren spannenden Erlebnissen vom Wochenende, dass sich Herr Detterbeck das Becken gebrochen habe, vom Einsatz des Krankenwagens, der Polizei und wieviel Angst sie gehabt hätte.
Sie hatte den Kuchen für Herrn Detterbeck gebacken, um ihm heute eine kleine Freude zu machen.

Die anderen Mitfahrer kannten den General nicht persönlich, doch manchmal hatte Leni ihnen schon davon erzählt, wenn er wieder etwas Besonderes angestellt hatte, wie er zum Beispiel seine Schuhe aus dem Fenster geworfen hatte, weil er vermutete, dass darin Mäuse wohnten.
Es waren aber keine Mäuse, sondern nur seine alten Socken…

Auch die Geschichte, als der General in Sepps Gemüse-Hochbeet gegraben hatte, fast einen Meter tief, weil er dort eine Fliegerbombe vermutete, hatte sie berichtet.

Die Kollegen wussten also, dass Herr Detterbeck ein ganz besonderer Mensch war und altersbedingt schon ein wenig verwirrt.

Mit Blick auf den duftenden Kuchen fragte sich der eine oder andere allerdings, ob es ihm überhaupt auffallen würde, wenn er nur einen halben Kuchen bekäme…

Sie hatten weiterhin die Hoffnung, dass Leni ihnen doch noch ein Stück zum Kaffee abgeben würde.

Ganz hinten im Bus saß mit einer Sauertopf-Miene Susanna.

Sie beteiligte sich selten an den Gesprächen der Gruppe und wollte auch mit niemandem persönlich zu tun haben. Nur Elena konnte sie gelegentlich aufheitern. Elena war Griechin und lispelte oft beim Sprechen, was sehr lustig klang. Da sie manche Wörter und Ausdrücke im Deutschen nicht so gut kannte, kamen lustige Wortspiele dabei heraus, so dass sogar Susanna ab und zu darüber lächeln musste.

Heute aber schien ihr dieses Getue um diesen - sogenannten General richtig auf die Nerven zu gehen. Sie verschränkte die Arme vor der Brust und zog ein ernstes Gesicht. Als der Kleinbus sie an der Werkstatt abholte, um sie zum Krankenhaus zu bringen, schubste sie Leni mit Absicht, wobei es Leni nur mit größter Mühe gelang, den Kuchen festzuhalten. Beinahe hätte sie ihn fallengelassen. „Susanna!!" rief Leni „Warum bist du nur so garstig!? - Kannst du denn nicht aufpassen…"

Susanna setzte sich im Bus auf die hinterste Bank und würdigte niemand eines Blickes. Selbst als Elena sich zu ihr gesellte und sie freundlich in den Arm kniff und sagte: „Lach doch mal! Es ist heute so ein schöner Tag!" glitt nicht der Hauch eines Lächelns über ihr Gesicht.

Im Krankenhaus angekommen, war Frau Berger, die Chefin, bereits vor Ort. Sie hatte mit Schwester Barbara besprochen, was heute für Aufgaben zu erledigen waren.

Niklas und Leni wurden auf der Station zu Schwester Hannelore eingeteilt, wo sie schon oft gewesen waren.

Elena und Susanna wurden wieder auf der Orthopädie-Station eingeteilt, und Margarete und David waren heute mit dem Verteilen der Wäsche beauftragt. Somit wusste nun jeder, was er heute zu tun hatte.

Nach dem Umziehen fragte Leni Schwester Hannelore, ob sie schnell zum General laufen dürfe, um ihm den Kuchen vorbeizubringen, doch Schwester Hannelore meinte nur: „Das kannst du in Deiner Mittagspause machen, wir haben heute viel zu tun! Der General wartet schon auf dich, also los geht's! Ab an die Arbeit!"

Leni, die nicht so recht wusste, was sie jetzt mit dem Kuchen anfangen sollte, stellte ihn im Schwesternzimmer ab und begann mit Manda mit der Reinigung der Zimmer.

Wie immer, hatte sie für jeden der Patienten ein liebevolles Wort oder auch ein Lied auf den Lippen, während sie Fensterbretter, Nachtkästchen und Tisch und Stühle reinigte oder Mülltüten entsorgte.

Für manche ältere Dame gab es sogar eine kurze Streicheleinheit oder ein schnelles Händeschütteln. Leni war bei allen Patienten beliebt, und jeder freute sich, wenn sie ins Zimmer kam. Der Vormittag verging schnell, und Leni hatte keine Zeit, über den General und den Kuchen nachzudenken, aber als sie, als endlich Mittagspause war, ins Stationszimmer eilte, um ihn zu holen, blieb ihr vor Schreck der Mund offenstehen.

Die Kuchenbox war geöffnet, und die Schwestern, die sich bereits zur Pause eingefunden hatten, hatten vor ihren Kaffeetassen jeweils einen Teller mit einem Stück ihres Kuchens.

Leni schrie auf.

Die Schwestern erschraken, teilweise ließen sie sogar die Kuchengabeln fallen. „Was ist denn passiert, Leni?" fragten sie irritiert, doch Leni konnte nur Stottern: „Der Kuchen, mein Kuchen…!"

Die Schwestern sahen sie erstaunt an: „Was ist mit Deinem Kuchen? Es ist doch soo eine schöne Idee, dass du Kuchen mitgebracht hast. Wir haben uns so gefreut, und er schmeckt hervorragend!"

„Aber der Kuchen war nicht für Euch! Er ist für den General, und ich wollte ihm mittags den Kuchen bringen, jetzt ist die Hälfte davon aufgegessen!"

Die Schwestern sahen einander fragend an: „Leni, wir wussten nicht, dass der Kuchen nicht für uns ist, niemand hat uns etwas gesagt!"
In diesem Moment kam Schwester Hannelore ins Zimmer und sah die Bescherung. „Oh nein, ich habe vergessen, einen Zettel auf den Kuchen zu legen, es tut mir so leid, Leni! Ich hoffe, der General freut sich auch über eine halbe Torte, nein, ich bin mir sogar sicher, dass er sich freuen wird!"
Leni konnte sich nicht beruhigen: „Es war mein schönster, mein aller-schönster Kuchen, den ich jemals gebacken habe! Ich habe mit den Kirschen ein Muster gezeichnet, und nun ist er kaputt und die Hälfte ist weg!"

Leni schniefte und schnäuzte sich, und auch die Schwestern wirkten nun sehr bedrückt. Sie halfen Leni, die Reste des Kuchens auf einem Teller ansprechend anzurichten, so dass sie damit zum General laufen konnte. Leni nahm das, was vom Kuchen übriggeblieben war, und stibitzte sich eine der Tulpen, die in einer Vase auf dem Tisch standen. Dann machte sie sich auf den Weg in die Orthopädie.

23.

Als sie die Station erreichte, hörte sie schon von weitem das Gebrüll des Generals. Er schrie aus Leibeskräften und wollte unbedingt etwas anderes zum Essen, diesen Saufraß könnte ja niemand essen, das sei eine Unverschämtheit, ihm so etwas anzubieten, und es folgte eine ganze Tirade an Schimpfwörtern....
Leni war drauf und dran, auf den Fersen kehrt zu machen. Ihre Angst vor dem General war sowieso schon groß, aber wenn er so brüllte, war das fast nicht auszuhalten. Sie bekam Schluckauf! Laut und gleichmäßig hickste sie vor sich hin. Unsicher stand sie vor der Tür und überlegte was sie nun tun

konnte. Sollte ihm doch irgendwer den Kuchen bringen, sie würde einfach weglaufen und den Kuchen vor der Türe stehen lassen.

In diesem Moment kam Schwester Hannelore von der Nachbarstation und sah sie dort stehen.

Sie bemerkte Lenis Verunsicherung und fragte: „Leni, was ist denn los, wolltest du nicht zu Herrn Detterbeck?"

Leni nickte nur unmerklich mit dem Kopf, und auch ohne Worte wusste Schwester Hannelore sofort, was los war.

Auch sie hörte den General schreien und brüllen.

Sie nahm Leni an der Hand: „Komm, ich begleite- Dich und wir gehen gemeinsam ins Zimmer. Vielleicht freut er sich über den Kuchen, und seine Laune bessert sich!"

Ohne anzuklopfen, betraten sie das Zimmer des Generals.

Hannelore baute sich vor ihm auf und sagte in strengem Ton: „Na, na, na, was haben wir denn?"

Leni versteckte sich hinter ihrem Rücken, den Kuchenteller fest an sich gepresst. Sie lugte hinter Hannelore hervor und konnte sehen, dass der General in seinem Bett saß und vor lauter Schreien einen hochroten Kopf hatte.

„Hallo, Herr Detterbeck, ich habe da jemand mitgebracht, und dieser Jemand hat ein Geschenk für sie!"

Sie trat zur Seite, so dass Leni plötzlich ihre Deckung verlor und mit ihrem Kuchenteller mitten im Raum stand. Der Schluckauf legte noch an Intensität zu, und sie begann zu zittern. Genauso plötzlich war jedoch auch der General auf einmal still.

Schwester Hannelore drehte sich um und nahm Leni bei den Schultern.

„Leni, komm, nun überreiche doch Herrn Detterbeck Deinen tollen Kuchen. Deine Mittagspause dauert nicht mehr so lange, also lasst Euch den Kuchen schmecken, und komm dann pünktlich zurück auf die Station!"

Leni stand ein wenig ratlos im Zimmer, während Hannelore die Tür hinter sich schloss. Was sollte sie nur machen, jetzt war sie alleine mit dem General. Sie hatte sich und ihren Mut wohl doch überschätzt.

Sie hielt den Teller mit dem Kuchen fest umklammert und ging langsam auf dem General zu.

Herr Detterbeck begann wider Erwarten zu lächeln, er schien sich tatsächlich über den Besuch von Leni und über den Kuchen zu freuen.

Leni stellte den Teller auf dem Nachttisch ab und blieb zögernd vorm Bett stehen.

Herr Detterbeck klopfte einladend auf die Matratze und forderte Leni auf, sich zu ihm zu setzen. Er nahm ihre Hand und sah sie versonnen an, sagte aber kein Wort, sondern schien gänzlich in seine Gedanken versunken zu sein. Leni verunsicherten seine unerwartete Nachdenklichkeit und Ruhe, sie hielt sich lieber ganz still, um den General nicht bei seinen Überlegungen zu stören.

Genauso plötzlich wie Herr Detterbeck in seine Gedanken und Erinnerungen eingetaucht war, genauso plötzlich tauchte er von dort wieder auf.

Ruckartig ließ er Lenis Hand los und beugte sich über sie.

Er griff in das Nachtkästchen, wohl um etwas herauszuholen. Er suchte sein Taschenmesser, um sich ein Stück des Kuchens abzuschneiden. Er kramte in der Schublade und tastete darin herum. Als er nichts fand, bat er Leni darum, nachzusehen, wo sein Messer sei.

Leni öffnete die Schublade, soweit es ging, und sah nun ebenfalls hinein. Die Schublade war leer bis auf eine Packung Tempotaschentücher. „Es ist nichts drin!" sagte sie zum General und hob ihm die Packung Tempo entgegen. Der General blickte sie ungläubig an. „Das kann doch nicht sein!" Er wurde sichtlich nervös. „Das kann doch nicht sein!?" meinte er nun erneut.

Sein Tonfall wurde bereits wieder deutlich lauter.

„Meine silberne Taschenuhr und mein- mit Elfenbein verziertes Taschenmesser müssen dort drin sein! Ich hatte beides in meiner Hosentasche, als ich ins Krankenhaus kam! Das weiß ich ganz sicher! Die Schwester hat es nach der Operation in die Schublade gelegt. Ich habe es mit eigenen Augen gesehen!" Er wurde sichtlich ungehaltener.

„Geh auf die Seite, und lass mich noch einmal sehen!"

Er zog das Nachtkästchen ungestüm ganz nah an sein Bett und wühlte in der Schublade herum, doch diese war und blieb aber leer.

Jetzt war es endgültig vorbei mit der Gelassenheit des Generals.

Langsam erschien eine Zornesfalte auf seiner Stirn, und seine Wangen röteten sich.

„Gefreiter! Begeben Sie sich gefälligst unter das Bett und sehen nach, ob dort die Uhr und das Messer abgeblieben sind!"

Leni, die über den Stimmungswandel bestürzt war, kroch sicherheitshalber schnell unter das Bett und suchte nach dem Messer und der Taschenuhr. Von beidem keine Spur, und bis auf ein paar Staubmäuse war nichts unter dem Bett zu sehen. Leni überlegte, ob sie überhaupt wieder herauskrabbeln sollte, denn der General hatte sich im Bett bereits aufgesetzt und begann erneut zu schreien. „Wer ist hier der Verantwortliche, wer ist für diesen Saustall zuständig, ich wünsche sofort den Oberst zu sprechen!"

Leni stand nun, nachdem sie unter dem Bett wieder hervorgekrochen war, mit hochgezogenen Schultern mitten im Raum und wusste nicht, wie sie sich verhalten sollte.

Gott sei Dank ging im nächsten Moment die Türe auf, und eine der Stations-Schwestern kam ins Zimmer, um nachzusehen, was hier vor sich ging. Leni nutzte die Gelegenheit und stürmte aus der Türe. Sie rannte zurück zu ihrer eigenen Station, wo sie förmlich in Schwester Hannelore hineinrannte, die gerade mit einem Tablett in der Hand aus einem der Zimmer kam.

„Leni, warum bist du denn schon wieder zurück? Wolltest du nicht Deine Mittagspause beim General verbringen?"

Leni hatte Tränen in den Augen und erzählte, dass der General furchtbar wütend geworden war, weil er sein Messer und seine Uhr nicht gefunden hatte und nicht mal ein Stück vom Kuchen probiert habe.

Er habe nur geschrien und gebrüllt und sie herumkommandiert.

Hannelore nahm Leni kurz in den Arm, um sie zu trösten, und schickte sie dann zu den anderen in die Cafeteria zum Mittagessen, damit sie sich wieder beruhigen konnte und etwas in den Magen bekam, wenn sie schon nicht mal ein Stück von ihrem selbstgebackenen Kuchen erwischt hatte. Barbara, die Stationsschwester, hatte mitbekommen, dass etwas vorgefallen war und machte sich nun erneut Sorgen. Sie fragte sich zum wiederholten Male, ob es eine gute Entscheidung gewesen war, sich auf das Experiment mit den beeinträchtigten Menschen einzulassen.

Leni hatte bereits ganz zu Beginn ihres Praktikums für große Aufregung gesorgt, als sie an ihrem ersten Arbeitstag Blumen für eine Patientin gepflückt, dabei ihre ganze Dienstkleidung zerrissen und sich selber verletzt hatte.

„Was war denn los?" fragte sie bei Hannelore nach. „Leni war bei Herrn Detterbeck, dem unmöglichen Patienten von der Orthopädie. Sie hat ihm Kuchen gebracht, weil er anscheinend ebenfalls im Mehrgenerationen-Haus lebt, in dem auch Leni wohnt. Sie hat ihn vorgestern nach seinem Unfall gehört und ihm, durch ihren Anruf bei der Rettung, vielleicht sogar das Leben gerettet.

Er aber hat sie angeschrien und beschimpft. Er konnte seine Uhr und sein Taschenmesser nicht finden und hat Leni deshalb beschimpft!"
Barbara erwiderte: „Herr Detterbeck ist, was ich gehört habe, dement und vergisst sehr viel. Er kann sich an Dinge oft nicht richtig erinnern. Es wäre eine typische Verhaltensweise, dass er, wenn er Sachen nicht sofort findet, andere beschuldigt, sie entwendet zu haben.
Vielleicht hat er sein Messer und die Uhr gar nicht dabeigehabt, als er ins Krankenhaus eingeliefert wurde.

Ich werde der Sache trotzdem nachgehen. Da zurzeit so viele Dinge von Patienten verschwinden, möchte ich ausschließen, dass auch Herr Detterbeck Opfer eines möglichen Diebstahls wurde.
Ich werde mich mit den Schwestern der Orthopädie unterhalten und nachfragen, was sie über den Vorfall wissen!"

24.

Leni, die mittlerweile in der Cafeteria angekommen war und sich zu ihren Arbeitskollegen setzte, hatte überhaupt keinen Hunger mehr.
Heute gab es Spaghetti Bolognese, aber auch das machte ihr keine Freude.
Sie saß Niklas gegenüber, der jede Menge Saucenspritzer im Gesicht hatte.
Gemeinsam mit seinen Sommersprossen wirkte das extrem lustig, aber darüber konnte Leni jetzt nicht lachen.

Margarete fragte, ob Herrn Detterbeck der Kuchen geschmeckt habe, da gab es kein Halten mehr, und Leni begann haltlos zu weinen.
Alle sahen sie bestürzt an.
Es dauerte ein wenig, bis sich Leni beruhigt hatte, aber dann erzählte sie von den Vorfällen beim General- von der verschwundenen Uhr und dem verschwundenen Taschenmesser mit Elfenbein und davon, dass der General furchtbar wütend geworden war.
Er hatte nicht einmal den Kuchen probiert, und sie sei daraufhin einfach davongelaufen.
Margarete sagte: „Dann hat er deinen Kuchen gar nicht verdient, wenn er so garstig ist! Hätten wir ihn doch nur selber zum Kaffee gegessen!"
Als Leni erzählte, dass die Schwestern, ohne zu fragen, eh schon die Hälfte des Kuchens verdrückt hätten und ihr das jetzt auch ganz egal sei, weil sie nie, nie wieder für irgendjemanden einen Kuchen backen würde, nahm Margarete sie in den Arm und drückte sie fest an sich.

Sogar Niklas strich ihr sanft übers Haar, was dazu führte, dass Leni ein Schauer über den Rücken lief. Margarethe deutete ihr kurzes Zittern als Frieren und legte ihr ihre Jacke über die Schultern. Langsam beruhigte sich Leni, aber essen, nein essen wollte sie ganz bestimmt heute nichts mehr.
Ihre Kolleginnen Susanna und Elena, die an einem anderen Tisch beim Essen saßen, beobachteten die Szene aus der Entfernung.
Leni hatte das Gefühl, als würde Susanna sie sogar ein wenig schadenfroh auslachen. Egal, dass der Kuchen weg war, Susanna hätte eh kein Stück von ihr bekommen, dachte Leni grimmig.

Beim Verlassen der Cafeteria legte Elena ihr den Arm um die Schulter, strahlte sie aus ihrem runden Gesicht an und deutete lispelnd an, dass doch alles nicht so schlimm sei!
„Leni, brätst du einen neuen Kuchen, den wir morgen zum Kaffee verknautschen!" sagte sie lachend als sie sich zurück an die Arbeit machten.
Ja, da war sie wieder, die Sache mit dem Deutsch!!
Backen und Vernaschen wollte sie wohl sagen, jetzt musste Leni doch tatsächlich wieder ein bisschen schmunzeln, es war doch immer wieder schön, Freunde zu haben. Außerdem war es typisch Elena, sie konnte

immer und überall essen, was man an ihrer Figur auch deutlich sehen konnte, sie würde jederzeit ein Stück Kuchen von Leni bekommen.

Da die Mittagspause beendet war, und alle zurück an ihre Arbeit gingen, war das Thema vorerst beendet.
Niklas und Leni hatten auf ihrer Station noch einiges zu tun, und auch die anderen verschwanden an ihre Arbeitsplätze.

Abends fuhren sie alle gemeinsam mit dem Bus zurück zur Werkstatt.
Es herrschte eine sonderbare Stille, keiner sprach ein Wort, alle schienen in Gedanken versunken. Wenn man tief einatmete, konnte man noch den Duft des frischgebackenen Kuchens von heute Morgen erahnen.

25.

Zu Hause angekommen, marschierte Leni mit Hauke, ihrem Mitbewohner, auf das „Ich und Du-Haus" zu.

Schon von Weitem winkte Britta ihr freudig entgegen, - sie saß mit Finn und Marie im Garten und genoss das schöne Wetter. „Und hat sich der General über den Kuchen gefreut?" fragte sie Leni.
Obwohl diese heute schon ganz viel geweint hatte, begann sie wieder zu schluchzen. „Nein!" erzählte sie „Nichts hat ihm geschmeckt, sein Messer ist weg, seine Uhr ist weg, und jetzt ist er böse und sauer und hat nur mit mir geschimpft!"
Sepp, der keine zehn Meter weiter an seinem Gemüsebeet stand und Gemüse erntete, wurde hellhörig. Er legte die Gurken beiseite und gesellte sich zu den Beiden „Der General wurde bestohlen?" fragte er. Leni erzählte ihm daraufhin die ganze Geschichte.

Der General hatte tatsächlich ein Taschenmesser mit Elfenbein-Intarsien, das stammte noch aus dem vorherigen Jahrhundert, und eine silberne Taschenuhr besaß er auch, die hatte er von seinem Vater geerbt, der ebenfalls ein hohes Tier beim Militär gewesen war. Beides war durchaus wertvoll.

Sepp hatte die Erbstücke schon gesehen und bewundert, als sie ihm der General an einem guten Tag, gezeigt und ihm die entsprechen Geschichten dazu erzählt hatte.

Da der General die Uhr und das Messer immer bei sich trug, hatte er beides sicher auch dabeigehabt, als die Sanitäter ihn ins Krankenhaus brachten. Es könnte also schon stimmen, dass eine Schwester sie zur Verwahrung ins Nachtkästchen gelegt hatte.

Aber wann, wo und warum sie angeblich verschwunden waren, konnte sich Sepp auch nicht erklären.

Herr Detterbeck lag alleine im Zimmer, so dass auch kein anderer Patient die Dinge versehentlich mitgenommen haben konnte.

Er würde morgen nochmal ins Krankenhaus fahren, den General besuchen und bei den Schwestern nachfragen, ob Herrn Detterbecks persönliche Sachen wieder aufgetaucht waren.

Leni saß noch eine kleine Weile im Garten und beobachtete Marie, die im Garten herumkrabbelte und Gänseblümchen aus der Wiese riss.

Finn war beschäftigt mit dem Fußball-Tor von Hans und Peter, er schoss auf das leere Tor und jubelte ganz laut, wenn er traf.

Kurze Zeit später kamen Hans und Peter, die Bachmaier-Zwillinge. Sie hatten heute viele Hausaufgaben zu erledigen gehabt und durften deshalb erst jetzt zum Spielen in den Garten. Sie stellten sich abwechselnd als Torwart für Finn zur Verfügung und ließen sich mit lautem Gestöhne mal nach rechts und mal nach links in die Wiese fallen, wenn Finn auf das Tor zielte. Dieser lachte aus ganzem Herzen und freute sich über jeden Treffer doppelt.

Die beiden Brüder hatten genauso viel Spaß und johlten ebenfalls laut und übermütig vor sich hin.

Eigentlich waren sie doch noch kleine Buben, die ihre helle Freude am Fußball spielen hatten und kein bisschen erwachsen waren…

Man mochte gar nicht glauben, dass sie noch vor nicht allzu langer Zeit schwer betrunken im Garten gelegen hatten...

Mike kam aus dem Haus mit einem Krug Saft in der Hand. Er setzte sich zu Britta auf die Bank und bot Leni auch ein Glas Saft an, was sie dankend annahm. Irgendwie war es hier zuhause einfach friedlich und schön.

Der General war nicht zuhause, also schrie auch keiner im Garten oder in der Wohnung herum, und alle waren gut gelaunt und friedlich.
Langsam vergaß sie das Drama um den General, sein Messer, seine Uhr und den nicht gegessenen Kuchen. Sie freute sich einfach nur, hier bei den anderen im Garten zu sein. Sie ließ sich zu Marie in die Wiese plumpsen und begann ebenfalls Gänseblümchen zu pflücken. Diese würden bestimmt hübsch in einer Vase auf dem Tisch beim Abendessen aussehen.
Hauke kam nach ausgiebigen Duschen, Umziehen und Händewaschen auch in den Garten. Er kontrollierte im Vorbeigehen das Wachstum von Sepps Gemüse.
Er freute sich immer über frische Gurken, Karotten und Kohlrabi.
Er bemerkte Leni, wie sie mit Marie auf dem Rasen herumkrabbelte und schüttelte angewidert den Kopf. „Zzzz!"
Die Vorstellung, sich im Gras zu wälzen, löste ein schreckliches Unwohlsein bei ihm aus.
Hoffentlich würde Leni sich gründlich die Hände waschen, wenn sie später gemeinsam zu Abend aßen, denn er könnte es nicht ertragen, wenn sie mit schmutzigen Fingern bei ihm am Esstisch saß. Er musste sie ganz genau beobachten und sie im Bedarfsfall nochmal zum Händewaschen schicken, und eventuell würde er ihr auch sein Desinfektionsmittel leihen...
So beruhigt setzte er sich zu Britta und Mike an den Tisch und trank ebenfalls ein Glas Saft.

Alles war entspannt, und es war ein richtig friedlicher Spätnachmittag im Garten des „Ich und Du-Hauses"
Gut, dass keiner ahnte, wie schnell sich die Dinge ändern würden...

26

Als am nächsten Morgen der Wecker klingelte, lag Leni, wie fast jeden Tag, bereits wach in ihrem Bett. Die Vorfälle des gestrigen Tages gingen ihr immer und immer wieder durch den Kopf. So sehr sie auch vom Verhalten des Generals enttäuscht war, so sehr tat er ihr aber auch leid.

Wenn es stimmte, dass seine Erinnerungsstücke verschwunden waren, konnte sie verstehen, dass er traurig und wütend war.
Leni hatte schon einiges über Demenz gelernt, so wusste sie zum Beispiel, dass sich die- an Demenz erkrankten Menschen an Dinge gut erinnern konnten, die schon sehr lange zurück lagen, aber nicht wussten, was vor einer halben Stunde passiert war.

Auch Herr Detterbeck vergaß oft, dass er schon am Briefkasten gewesen war, oder er suchte laut schimpfend die Zeitung, die er zehn Minuten vorher auf den Küchentisch gelegt hatte...
Wenn nun der General das Messer und die silberne Taschen-Uhr schon so lange besessen hatte, waren sie ihm bestimmt besonders wichtig!
An diese Dinge konnte er sich sicher erinnern.
Sie nahm sich vor, heute einfach in der Mittagspause noch einmal zum General gehen und ihm beim Suchen zu helfen. Vielleicht hatte er die Sachen in seinen Schrank gelegt, oder in einer Jacke oder Hosentasche vergessen.
Mit diesen guten Vorsätzen schwang sie die Beine aus dem Bett und machte sich auf dem Weg zum Frühstück.

In der darüber liegenden Wohnung saß Sepp bereits vor einer Tasse schwarzer Kaffee und dachte ebenfalls nach. Auch ihn beschäftigte die Geschichte des Generals bzw. von dessen verschwundener Uhr und dem nicht aufzufindenden Messer.
Die mysteriösen Diebstähle im Krankenhaus hörten einfach nicht auf, und dass nun womöglich auch der General davon betroffen war, machte ihn wütend.

Er konnte sich nicht erklären, wer all diese Dinge gestohlen hatte, es war einfach kein Zusammenhang beim Diebesgut zu erkennen. Die Diebstähle erfolgten anscheinend völlig wahl- und ziellos. Die Dinge, die entwendet wurden, waren ja so unterschiedlich und nicht miteinander in Verbindung zu bringen.

Teilweise war es billiger Tand und dann wiederum waren es wertvolle Schmuck- oder Kleidungsstücke.

Er hoffte immer noch, dass der General aufgrund seiner Vergesslichkeit die Uhr und das wunderschöne Messer einfach verlegt hatte.

Um sich sicher zu sein, musste er heute noch einmal ins Krankenhaus fahren und mit den Stationsschwestern und Herrn Detterbeck sprechen.

Er würde Leni fragen, ob sie gleich mit ihm fahren wolle, dann brauchte sie nicht extra mit dem Bus den Umweg über die Werkstatt zu nehmen.

Er stellte die leere Tasse in die Spülmaschine und zog seine Strickjacke an, denn es war morgens trotz Sonnenschein immer noch kühl.

Er nahm den Schlüssel von seinem grünen Jimmy und machte sich auf den Weg ins Erdgeschoss.

Er klopfte an Lenis Tür und hörte bis in den Flur, wie sie hüpfend und vor sich hin summend zur Wohnungstüre kam und ihm öffnete. In einem leuchtend rosa T-Shirt und einem gelben Rock stand sie vor ihm und wirkte wie der morgendliche Sonnenschein. Im Hintergrund hörte man Hauke unter der Dusche singen.

Leni warf einen Blick zur Badtür und zuckte nur mit den Schultern, ja, so war er halt, der Hauke...

Dann sah sie Sepp fragend an, es kam ja nicht jeden Tag, vor, dass er schon so früh morgens bei ihnen vor der Tür stand.

Sepp lud sie ein, direkt mit ihm zum Krankenhaus zu fahren.

Leni strahlte über das ganze Gesicht und nahm den Vorschlag sofort begeistert an. Sie liebte es, mit Sepp in seinem kleinen Jeep durch die Gegend zu fahren. Schließlich war es ja fast ein Polizei-Auto, und sie fühlte sich dann ganz wichtig und ihrem Traum, Polizistin zu sein, ein Stück näher.

Leni klopfte noch schnell an der Badtür und rief Hauke zu, dass er sie im Werkstatt-Bus entschuldigen solle, denn sie dürfe mit Sepp mitfahren.
Es kam nur ein kurzes, undeutliches Gebrabbel aus dem Bad, aber Leni war sich sicher, dass Hauke verstanden hatte, was sie von ihm wollte.

Sie lief in ihr Zimmer holte ihre rosarote Handtasche, nahm ihre rosarote Strickjacke und stürmte voller Vorfreude zur Tür hinaus.
Sepp sah ihr nach, wie sie an ihm vorbei hüpfte, und dachte, dass sie immer noch wie ein kleines Mädchen war, obwohl sie mittlerweile schon fast 29 Jahre alt war. Sie konnte sich über die unbedeutendsten Dinge freuen und ihrer Freude auch stets lautstark und aus ganzem Herzen Ausdruck verleihen - ohne jegliche falsche Scham und ohne sich Gedanken darüber zu machen, was andere Menschen von ihr denken mochten.

Er wünschte sich, manch anderer Mensch hätte ebenfalls diese- von Grund auf fröhliche Charaktereigenschaft. Viel zu oft hatte er während seiner beruflichen Tätigkeit in der Mordkommission in München mit traumatisierten, verletzten oder zutiefst verstörten Opfern zu tun gehabt. Aber auch mit brutalen, rücksichtslosen Verbrechern, die über Leichen gingen, um ihre persönlichen Bedürfnisse zu befriedigen.
Wie schön wäre es da gewesen, zwischendurch mal so ein fröhliches und durchwegs glückliches Wesen, um sich zu haben.

Ja, er genoss es hier im „Ich + Du-Haus" zu leben, es machte ihm Freude, mit Leni und Hauke gemeinsam etwas zu unternehmen, aber er freute sich auch über die Unbeschwertheit und die Lausbuben-Geschichten der Bachmeier Buben.
Die zwei Babys im Haus und der fröhliche Finn bereicherten sein Leben auf ganz besondere Weise, und er übernahm, wenn er frei hatte, gerne auch mal das Babysitten. Er hatte, seit er hier wohnte, nie mehr bedauert, keine Familie zu haben.
Die Menschen hier waren seine Familie geworden und er mochte jeden Einzelnen auf eine ganz besondere Weise, selbst den launischen, immer vergesslicher und verwirrter werdenden General.

Der Gedanke an Herrn Detterbeck riss ihn aus seinen- fast schon romantischen Überlegungen. Er zog die Haustür zu und schloss das Gartentor hinter sich. Leni hüpfte von einem Bein auf das andere und konnte kaum erwarten, dass er ihr den Jeep aufschloss.

Im Fußbereich des Beifahrersitzes stand immer das Blaulicht, das Sepp jederzeit im Zigaretten-anzünder anstecken und aufs Dach setzen konnte, damit er bei Einsätzen oder Notfällen schneller am Tatort sein konnte.

Leni hob das Blaulicht auf ihren Schoß und stellte stattdessen ihre Tasche in den Fußraum.

Sie sah Sepp an und wollte gerade etwas sagen, doch der wusste genau, was sie meinte: „Nein!! - Leni, wir werden das Blaulicht nicht auf das Dach stecken! Nein!! - Nicht einmal für eine halbe Minute!"

Leni zuckte resigniert mit den Schultern, sie probierte es jedes Mal wieder, aber Sepp musste stur bleiben.

Das einzige Mal, dass sie mit Blaulicht fahren durfte, war damals, als sie nach der Entführung von Johanna mit dem Polizeiauto nach Hause gebracht wurde. Diese Fahrt war so aufregend gewesen, dass sie sich wünschte, es wenigstens für eine Minute zu wiederholen.

Aber da war einfach nichts zu machen, Sepp blieb eisern.

27.

Am Krankenhaus angekommen, hatte Leni es eilig.

Sie freute sich auf die Arbeit und konnte es kaum erwarten, anfangen zu können. Wenn sie heute ein wenig früher als die andern im Krankenhaus war, konnte sie mit Manda schon anfangen.

Diese war immer als erste von den Reinigungskräften im Haus und bestückte den Putzwagen mit allem, was notwendig war. Leni würde ihr heute einfach dabei helfen, sie winkte Sepp noch kurz zu und sauste davon.

Sepp machte sich in entgegengesetzter Richtung auf den Weg zum Aufzug, um in den zweiten Stock in die orthopädische Station zu fahren. Dort wollte er mit den Schwestern sprechen und beim General sicherheitshalber noch einmal in allen Jacken und Hosentaschen nachsehen. Im Schrank, im Bad und im restlichen Zimmer wollte er sich umsehen, ob sich das Messer und die Uhr nicht doch noch finden ließen. Vielleicht hatte der General die Sachen einfach irgendwo hingelegt und konnte sich nicht mehr erinnern.

Zuhause hatte er schon Schlüssel in den Kühlschrank, Brot in den Schuhschrank und sein Toilettenpapier in den Keller geräumt und konnte sich dann nicht mehr daran erinnern. Er hatte alle im Haus verrückt gemacht, sie beschuldigt, dass sie ihn bestohlen hätten und dabei furchtbar laut geschrien.
Alle hatten dabei geholfen, die verlegten Dinge wiederzufinden, und oft nicht schlecht gestaunt, wo diese dann völlig unerwartet auftauchten. Vielleicht verhielt es sich mit dem Messer und der Uhr genauso, zumindest hoffte das Sepp.

Mit einem „Pling" öffnete sich die Aufzugstür und riss ihn aus seinen Gedanken. Im selben Moment trat nämlich Schwester Hannelore aus dem Lift.
Sie sah einfach wieder wunderhübsch aus, mit ihren roten Locken und den vielversprechenden Rundungen, die sich auch heute deutlich unter ihrem Schwesternkittel abzeichneten.
„Guten Morgen!" sagte er mit einem breiten Grinsen.
„Guten Morgen!" sagte Hannelore, wirkte dabei aber angespannt und mürrisch. „Heute wurde das erste Mal auch auf meiner Station etwas gestohlen! Sie können gleich mit mir wieder nach oben fahren und mit Herrn Bacher sprechen. Er ist völlig aufgebracht und wütend. Ihm wurden sein Rasiermesser, sein Rasierschaum sowie ein After-Shave entwendet.
All dies bewahrte er in einer antiken Schmuckschatulle, die seiner Frau gehört, im Bad auf.

Er kann nicht genau sagen, wann die Dinge entwendet wurden, denn er hat es erst heute Morgen bemerkt, als er sich rasieren wollte. Herr Bacher hat das erste Zimmer, gleich am Eingang der Station, so dass es für jeden möglich wäre, vom Flur schnell in sein Zimmer zu huschen und dort etwas zu entwenden. Außerdem war Herr Bacher gestern Nachmittag- bei dem schönen Wetter im Garten, so dass das Zimmer zeitweise leer war.

Wenn die Diebstähle jetzt auch auf meine Station übergreifen, dann weiß ich nicht mehr, wie wir die Patienten noch beruhigen sollen. Es gibt schon genug Gerede, wenn die Patienten sich nachmittags im Garten oder im Pavillon zum Kaffeetrinken treffen. Die Geschichte mit den Diebstählen macht schon lange die Runde. Jeder erfindet noch etwas hinzu oder berichtet von Juwelen, die gestohlen wurden, so dass die Verunsicherung immer größer wird. Wir wissen schon bald nicht mehr, wo uns der Kopf steht!"

In Sepps Kopf hingegen begann es zu arbeiten...
Fritz, der Polizisten-Azubi, fiel ihm ein, der meinte, es könnte doch auch ein Mann gewesen sein, der die Dinge gestohlen hat, was Sepp und Martl vorerst gar nicht glauben wollten, weil nur Schwestern auf der betreffenden Station arbeiteten.

Der Diebstahl von Rasierer und Rasierschaum würde aber auf einen Mann hindeuten, vielleicht hatte Fritz doch recht.
Andererseits waren die Rasiersachen in einer Schmuckdose verwahrt.
Vielleicht hatte der Dieb oder die Diebin damit gerechnet, dass sich in der Dose wertvoller Schmuck befindet, nicht nur Rasierzeug.
Er musste nun unbedingt auch auf dieser Station die Schwestern und eventuell die Patienten befragen.
Da hatte sich die frühe Fahrt ins Krankenhaus bereits gelohnt!

Natürlich würde er bereits die Gelegenheit, mit Hannelore im Aufzug nach oben zu fahren, nutzen, so konnte er ihr wenigstens eine kurze Zeit ganz nah sein.
Bei dem Gedanken daran machte sein Herz einen kleinen Hüpfer!

Erst nach der Befragung von Herrn Bacher würde er dann in die Orthopädie-Station gehen. Hannelore drehte sich um und drückte auf den Knopf, um den Aufzug wieder zu öffnen, doch der war bereits aus einem anderen Stockwerk angefordert worden. Sie mussten sie warten, bis er wieder ins Erdgeschoß zurückkam.
Beide standen wortlos vor der geschlossenen Aufzugtür und hingen ihren

Gedanken nach.

Diese konnten unterschiedlicher nicht sein:

Sepp in Vorfreude auf die, wenn auch nur kurze, aber doch gemeinsame Aufzugfahrt mit Hannelore, diese hingegen dachte über die bevorstehenden Umstände nach, die ein möglicher Diebstahl auf ihrer Station für alle Beteiligten bedeuten würde.

28.

So standen sie schweigend, bis ein erneutes „Pling" die Ankunft des Aufzugs ankündigte und beide aus ihrem angespannten Schweigen erlöste.

Die Aufzugstür ging auf, und Susanna, Lenis Werkstattkollegin, huschte eilig und geduckt an ihnen vorbei.

Sepp kannte Susanna nicht, brachte sie aber, trotz ihrer offensichtlichen Behinderung, auch nicht mit Leni in Verbindung, weswegen er ihr keinerlei Beachtung schenkte.

Hannelore wusste zwar, dass sie zu den sechs Hilfskräften aus der Behinderten-Werkstatt, die ein Praktikum in der Haus-Reinigung machten, gehörte, aber auch sie beachtete Susanna nicht weiter.

Sie stiegen schweigend in den Aufzug und fuhren in den zweiten Stock.

Sepp konnte es nicht lassen, Hannelore von oben bis unten zu mustern, was dazu führte, dass sich sein Herzklopfen noch verstärkte.

Hannelore schien Sepps Blicke nicht zu bemerkten, denn sie war völlig in Gedanken versunken und lehnte mit verschränkten Armen und gesenktem Kopf an der Wand.

Oben angekommen, begleitete Hannelore Sepp zum Zimmer von Herrn Bacher.

Sie klopfte kurz und trat mit gemeinsam mit Sepp ein.

Herr Bacher hatte alle Schränke und Schubladen geöffnet und saß mit resignierter Miene am Rand seines Bettes. Er sollte heute Nachmittag entlassen werden und fühlte sich eigentlich schon wieder ganz gut.

Dass nun, am letzten Tag, noch sein Rasierzeug gestohlen worden war, ärgerte ihn maßlos. Er hatte wiederholt alles durchsucht, aber nichts gefunden. Da Sepp immer in Zivil unterwegs war, konnte Herr Bacher sich nicht sofort erklären, wer Hannelores Begleitung war, und er schaute beide fragend an. Hannelore stellte Sepp vor, erklärte, warum er gekommen war, und bat Herrn Bacher, ihm doch nochmals die ganze Geschichte zu erzählen.

Sepp zückte seinen Bleistift, setzte sich auf einen Stuhl neben dem Bett und begann, alles, was ihm Herr Bacher erzählte, zu notieren.

Es war, wie Hannelore gesagt hatte - Herr Bacher war gestern Nachmittag im Garten gewesen und hatte mit anderen Patienten Karten gespielt.

Er war sicher zwei Stunden nicht in sein Zimmer zurückgekehrt.

Seine Wertsachen hatte er, nachdem er bereits von diversen Diebstählen gehört hatte, in seinem Schrank verstaut. Den Schrank hatte er abgeschlossen und den Schlüssel mitgenommen. Die Zimmertüre und die Tür zu seinem Bad waren nicht abgeschlossen, warum auch, meinte er geistesabwesend.

Wer hätte schon Interesse an Waschlappen und Toilettenpapier…

Gestern Abend, als er ins Bett ging, war ihm nichts aufgefallen, - erst als er heute Morgen, nach seiner ersten Morgenrunde im Garten, die er täglich für eine Viertelstunde zur Wiedererlangung seiner körperlichen Fitness drehte, fiel ihm auf, dass sein Rasierzeug fehlte. Als er dieses, auch nach gründlicher Suche, nicht finden konnte, hatte er die Schwestern informiert.

In Anbetracht der ihm bereits bekannten Vorfälle in anderen Stationen hatte er eins und eins zusammengezählt und den Schluss daraus gezogen, dass auch er nun Opfer eines Diebstahls geworden war.

In diesem Moment klopfte es an der Zimmertür. Die Stationsleitung, Schwester Barbara, kam zum Gespräch dazu, um sich nach dem weiteren Vorgehen zu erkundigen. Herr Bacher sagte, er würde Anzeige erstatten, auch wenn der Rasierkram nicht wirklich etwas wert gewesen war, aber die Schmuckdose seiner Frau, die war etwas wert und das nicht nur ideell. Seine Frau hatte sie ihm nur widerstrebend für den Krankenhausaufenthalt geliehen, um seine Rasier-Utensilien darin zu verwahren. Sie würde bestimmt traurig sein, wenn diese nicht mehr auffindbar wäre.

Die Dose war ein Erbstück ihrer Mutter gewesen, die diese wiederum von ihrer Mutter geerbt hatte. Sepp schloss daraus, dass es nicht nur eine einfache Dose war. Sie war also durchaus etwas Besonderes und womöglich wertvoll. Er sah schon die weiteren Probleme, die dieser neue Diebstahl nach sich ziehen würde. Auch Hannelore und Barbara schwante nichts Gutes.

Ein kurzes Klopfen, und die Zimmertür öffnete sich erneut, Manda und Leni kamen herein.
Herr Bacher hatte die letzten zwei Wochen im ersten Zimmer der Station gelegen und war dementsprechend auch immer der Erste, bei dem morgens die Reinigungskräfte begannen.

Leni blieb erstaunt stehen, weil so viele Menschen in Herrn Bachers Zimmer standen.
Schwester Barbara war da, die Strenge, sie machte eine ernste Miene, was meist nichts Gutes bedeutete, auch Schwester Hannelore, die heute Schichtleitung war, stand da und würdigte Leni und Manda keines Blickes.
Am Bettrand saßen ein sichtlich aufgewühlter Herr Bacher und Sepp!
Was machte denn Sepp hier?

„Guten Morgen!" grüßte sie freundlich in die Runde. Plötzlich erschien ein Lächeln auf Herrn Bachers Gesicht: „Ach, mein Sonnenschein! Leni, es ist aber schön, dass Sie heute wieder hier sind. Sie sind mein einziger Lichtblick an diesen unseligen Tag!"
Leni machte einen freundlichen Knicks, drückte sich an dem- auf dem Stuhl sitzenden Sepp vorbei und begann, Herrn Bachers Nachtkästchen abzu-wischen, wobei sie nebenbei möglichst unauffällig versuchte, mitzubekommen, was hier geschehen war.

Sepp beobachtete Leni bei der Arbeit und sagte: „Aha, das ist also Deine Aufgabe hier. Das machst du aber sehr gut, da lernst Du ja sicher auch eine Menge Menschen kennen!"
Herr Bacher sah Sepp erstaunt an: „Kennen sie Leni?"
Sepp erwiderte: „Ja, wir sind Nachbarn, wir wohnen im selben Haus!"

Herr Bacher stellte daraufhin fest: „Dann sind Sie aber ein richtiger Glückspilz, so ein sonniges Gemüt, diese Leni - Immer freundlich und immer hilfsbereit!
Ich freue mich jeden Morgen, wenn sie zu mir ins Zimmer kommt. Manchmal singt sie mir sogar etwas vor, während sie putzt und sie ist immer so fleißig!"
Manda, die sich mit ihrem Bodenwischer ein wenig im Hintergrund hielt, bedachte Leni mit einem Augenzwinkern, denn auch sie wusste, wie beliebt Leni bei den Patienten war.
Sofort sagte Leni: „Nein, nein!! Ich bin nicht alleine fleißig, Manda macht den größten Teil der Arbeit, ich helfe ihr nur ein bisschen!"

Das war wieder typisch! - Leni, immer dachte sie an alle anderen und sorgte sich um sie. Es war ihr auch hier wichtig, dass Manda ebenfalls Lob erhielt und die Anerkennung bekam, die ihr nach Lenis Meinung zustand. Alle drehten sich um und sahen Manda an.
Diese bekam ganz rote Bäckchen und war sichtlich verlegen.
Hannelore sagte: „Ja, das stimmt wirklich, Manda ist schon ganz lange hier bei uns auf der Station, und wir wissen sehr genau, was wir an ihr haben.
Dass sie Leni unter ihre Fittiche genommen und so toll eingearbeitet hat, kann man ihr nicht hoch genug anrechnen. Die beiden sind ein wirklich tolles Team!"

Leni war mit dem Nachtkästchen fertig, nun knotete sie die Mülltüte ab.
Sie schlüpfte wieder an Sepp vorbei und hastete auf den Flur, um den Müll im großen Sack am Putzwagen zu entsorgen.
Beim Hinausgehen hörte sie noch, wie Sepp fragte, wie die verschwundene Dose aussah. Herr Bacher überlegte kurz, konnte sie aber nicht so genau beschreiben. „Na, irgend so etwas Chinesisches, mit roten Vögeln drauf!"
Leni kam zurück ins Zimmer, stellte sich aufrecht und mit Stolz geschwellter Brust vor Sepp und machte, wie sie es nannte, ihre Aussage: „Die Dose ist schwarz, mit roten Pfauen drauf und wunderschönen chinesischen Frauen. Sie glitzert ganz doll und hat goldene Bäume und Blätter drauf. Sie ist wunderschön!"

Leni sah fragend von Sepp zu Herrn Bacher, dann abwechselnd zu Barbara und Hannelore: „Aber, ist sie denn weg? Sie stand doch immer im Bad! Dort oben im Regal!" Sie deutete in das offene Bad.
Sepp wandte sich Leni zu. „Hast Du die Dose gesehen?" - „Ja! Jeden Tag! Sie stand da, ich habe sie immer bewundert, weil sie so doll geglitzert hat. Die Vögel darauf waren wunderwunderschön!!
Wo ist sie denn hin, die Dose? Gestern Früh stand sie doch noch da im Bad!"

Die Dinge nahmen eine erstaunliche Wendung, seine „kleine" Leni war plötzlich seine wichtigste Zeugin. Sie war die Einzige, die zu dem erneuten Diebstahl überhaupt eine Bobachtung gemacht hatte und ihm eventuell helfen konnte, die Tat auf einen bestimmten Zeitraum einzugrenzen, was die Tätersuche hoffentlich leichter machte. Wenn man überprüfen konnte, wer in diesem Zeitfenster das Zimmer betreten hatte, kam man dem Dieb vielleicht auf die Spur.

Leni konnte nicht nur einen Zeitpunkt benennen, sie konnte die Dose sogar bis ins Detail beschreiben!
Alle anderen Bestohlenen konnten keine genaueren Angaben zum Zeitpunkt des Verschwindens machen, und die Dame mit dem Pelzkragen konnte sich nicht einmal genau erinnern, ob dieser braun oder schwarz gewesen war.
Alle Bestohlenen hatten lediglich bemerkt, dass ihre persönlichen Sachen verschwunden waren, aber konnten nicht genau benennen wann und wo sie ihre Sachen zum letzten Mal gesehen hatten.
Manche Patienten waren schlicht und ergreifend zu krank gewesen und mussten im Bett bleiben, so dass ihnen der Verlust erst einige Tage später auffiel....

Es war alles so aufregend und spannend. Leni hüpfte aufgeregt von einem Bein auf das andere. Sie war schon wieder mitten in einem Kriminalfall.
Auf ihrer Station war plötzlich auch etwas gestohlen worden, - bisher hatte sie nur von den Diebstählen auf der Nachbarstation gehört.
Sepp notierte sich eifrig, was Leni sagte, und Leni war stolz, dass sie vielleicht mithelfen konnte, die Glitzerdose wiederzufinden.

Herr Bacher hingegen saß auf seinem Bett und wirkte sehr unglücklich. Er wusste, dass heute seine Frau kommen würde, um ihn abzuholen. Wie sollte er ihr nur erklären, dass ihre Dose verschwunden war. Sie würde bestimmt sehr traurig sein.

Sepp stand auf und wandte sich zum Gehen, wobei er sich zu Herrn Bacher umdrehte und ihm versprach, dass er alles versuchen würde, um die Dose wieder zu finden.
Mit Lenis Aussage konnte der Zeitraum des Diebstahls genauer eingegrenzt und durch ihre gute Beschreibung die Dose sicher identifiziert und zurückgegeben werden, falls man sie fand.

Sepp winkte Leni noch kurz zu und verließ das Zimmer.
Herr Bacher legte sich mit einem tiefen Seufzer zurück in sein Bett und hing seinen Gedanken nach. Barbara und Hannelore gingen wieder an ihre Arbeit, und auch Leni und Manda putzten wieder weiter.
Leni, die gerade damit beschäftigt war, die Fensterbretter abzuwischen, sah in den Garten hinunter. Dort unten kamen gerade ihre Kollegen und Kolleginnen an, aber sie waren heute wirklich spät dran, - ob der Bus wohl in einem Stau gestanden hatte?
Sie winkte, in der Hoffnung, dass die anderen zu ihr heraufschauen würden. Die würden staunen, wenn sie ihnen erzählte, was hier heute schon alles passiert war. Wenn sie dann noch mit stolzgeschwellter Brust berichten konnte, dass sie als wichtige Zeugin vernommen wurde, würde ihnen bestimmt der Mund offen stehen bleiben...

Unten im Hof sah Niklas nach oben, bemerkte ihr Winken und winkte zurück. Die anderen taten es ihm gleich, nur heute wirkte die Gruppe kleiner. Leni schaute genauer hin, und es fehlte tatsächlich eine in der Truppe.
Susanna, die immer schlechtgelaunte, hochgewachsene und hagere Kollegin war nicht dabei, vielleicht war sie krank.

Egal, Leni verschwendete keinen weiteren Gedanken an sie Sie konnte ihr gestohlen bleiben, sie konnte sie eh nicht leiden, also war es ihr auch egal, ob sie zur Arbeit kam oder nicht.

29.

Während im Krankenhaus sich Lenis Kollegen anschickten, sich umzuziehen und endlich, wenn auch mit Verspätung, ihre Arbeit zu beginnen, kehrten im „Ich + Du-Haus" die Ersten bereits wieder nach Hause zurück....
Die Bachmeier-Zwillinge Hans und Peter schlichen sich heimlich durch den Keller ins Haus.

Die beiden hatten einen Plan! Mit diesem gingen sie bereits schwanger, seit sie wussten, dass der General für längere Zeit im Krankenhaus sein würde.
Gerda Bachmeier, ihre Mutter, war heute mit Oma Bachmeier beim Augenarzt.
Gaby und Britta waren mit ihren fast gleich alten Kindern beim Arzt zur Vorsorgeuntersuchung. Sie hatten den Termin gemeinsam vereinbart, um nicht mit zwei Autos nach Rosenheim fahren zu müssen.
Mike hatte einen Termin auf einer Baustelle in München.
Sepp war im Revier wie jeden Tag, und Leni und Hauke in der Arbeit...

Das bedeutete, sie hatten sturmfrei!
Da sie schon seit vorgestern vorhatten, endlich einmal einen Blick in die Wohnung des Generals zu werfen, war dies die perfekte Gelegenheit.
Es interessierte sie schon seit Langem brennend, was er dort alles so aufbewahrte, vor allen Dingen seinen Waffen und Kriegsutensilien galt ihr Interesse.

Wenn der General tagsüber hinten im Garten schlief, hätten sie sich nie in die Wohnung getraut, weil sie fürchteten, dass er unerwartet wach würde und sie auf frischer Tat ertappen könnte.

Bei den Wutausbrüchen des Generals wusste man nie....
Am Schluss hätte er noch auf sie geschossen, wer wusste schon, was er an
Waffen in seiner Wohnung aufbewahrte.

Sie waren, um keinen Verdacht zu erregen, ganz artig mit dem Fahrrad in
die Schule gefahren.
Dort hatten, sich beide mit Magenbeschwerden krankgemeldet und der
Lehrerin von einem Virus erzählt, das schon alle anderen im Haus betroffen
hatte. Selbst ihre Mutter liege krank im Bett, dabei krümmten sie sich
theatralisch und täuschten schreckliche Magenschmerzen vor.

Die Lehrerin versuchte, Frau Bachmeier telefonisch zu erreichen, was aber,
von den beiden eingeplant, nicht funktionierte, da sie nicht zuhause war.
Sie erzählten der Lehrerin kurzerhand, dass die Mutter sich die ganze Nacht
übergeben hatte und jetzt wahrscheinlich endlich schlief.
So musste sie den beiden Glauben schenken und sie von dannen ziehen
lassen. Mit einem Seufzer sah sie den beiden nach, wie sie, vor Schmerzen
gekrümmt, das Schulhaus verließen und ihre Räder schiebend um die Ecke
bogen. Hoffentlich kommen sie gut nach Hause, dachte sich die Lehrerin,
bevor sie zurück in die Klasse ging, um mit dem Unterricht fortzufahren.

Kaum um die Ecke gebogen, sprangen Hans und Peter auf ihre Fahrräder
und sausten Richtung „Ich + Du-Haus" davon.
Den ganzen Weg über machten sie Faxen und freuten sich, dass alles wie
geplant funktioniert hatte.

Während des Nachhausewegs hofften beide, dass Sepp den
Haustürschlüssel des Generals hatte stecken lassen, so dass sie
ungehindert in dessen Wohnung konnten.
Sollte er ihn mitgenommen haben, wäre ihr ganzes Vorhaben geplatzt.
Da sie nicht genau wussten, wann die anderen nach Hause kommen
würden, radelten sie so schnell es ging und kamen völlig aus der Puste
zuhause an. Sie versteckten ihre Fahrräder hinten im Garten und schlichen
durch den Keller in den ersten Stock.

Was für ein Glück, der Schlüssel steckte.

Wahrscheinlich hatte Sepp ihn stecken gelassen, weil Mama Bachmeier und Britta heute Nachmittag die Wohnung putzen, den Kühlschrank ausräumen und eventuell für den General noch Kleidungsstücke für die Klinik und die anschließende Reha einpacken wollten.

Schnell zogen die beiden die Wohnungstür hinter sich zu und standen nun schwer keuchend im Flur von Herrn Detterbeck.

Die Aufregung und das schnelle Radeln hatten sie völlig außer Atem gebracht. Sie brauchten einige Minuten, um durchzuatmen, sich zu beruhigen und ihre Augen an das Halbdunkel des Flurs zu gewöhnen.

Es erging ihnen so, wie es vor einem knappen halben Jahr Leni ergangen war.

Jetzt wussten sie, wie sie sich gefühlt haben musste. Die ganzen ausgestopften Tiere schienen mit ihren Augen nun auch die Zwillinge zu verfolgen, so als wüssten sie, dass sie etwas Unerlaubtes im Schilde führten.

In Anbetracht so vieler grässlicher Augenpaare und der vielen toten Tiere waren sie gar nicht mehr so mutig und überlegten, ob sie ihren Plan nicht doch lieber fallen lassen sollten.

Aber die jugendliche Neugier siegte dann doch und ließ sie ihre Bedenken über Bord werfen.

Sie waren beide noch nie vorher in der Wohnung vom General gewesen. Ihre Mutter hatte zwar ab und zu für den General gekocht und ihm geholfen, wenn es etwas zu bügeln gab. Sie hielt sich aber nie lange in der Wohnung auf, da der General immer sofort zu schimpfen begann und an Allem etwas auszusetzen hatte.

Hans und Peter sahen sich an und nickten sich gegenseitig aufmunternd zu, dann öffneten sie schwungvoll die erste Türe. Sie standen im Schlafzimmer des Generals. Darin stand ein Doppelbett, von welchem aber nur eine Hälfte benutzt war. Fragend sahen sie sich an, wozu brauchte der General ein Doppelbett, wenn er doch alleine lebte?

Ihre Mutter hatte, nachdem ihr Vater ausgezogen war, sofort das Doppelbett entsorgt und sich ein bequemes französisches Bett gekauft.

Der große, dunkelbraune, sechstürige Kleiderschrank wirkte wuchtig und erdrückend im Raum. Doch die großen Türen schienen jede Menge Geheimnisse zu verbergen. Das Abenteuer konnte also beginnen...
Bereits als sie die erste der großen Türen öffneten kam, ihnen der muffige Geruch nach Mottenkugeln und Lavendel entgegen, so dass sie angewidert die Nase rümpften. Ein flüchtiger Blick auf die ordentlich aufgehängten Hemden und Hosen sowie die akkurat über einen Bügel gefalteten Krawatten reichten, um festzustellen, dass es hier nichts Spannendes zu entdecken gab.

Ein Blick auf die Unterhosen und Unterhemden sowie die in Reih´ und Glied angeordneten Socken hinter der nächsten Schranktüre reichte Ihnen, um zu bemerken, dass hier ebenfalls nichts Interessantes zu finden war.
Hinter der nächsten Türe verbargen sich lediglich Bettlaken, Handtücher, Bettwäsche und ein Wintersteppbett, das auf dem obersten Regalbrett lag. Ein kurzer Griff unter die Bettwäsche und zwischen die Handtücher musste trotzdem noch sein! Im Krimi im Fernsehen sah man schließlich immer, dass die Leute ihr Bargeld und ihre Wertsachen unter der Bettwäsche versteckten.
Doch auch hier gab es beim General nichts Besonderes zu ertasten.
Sie schlossen die schwere Schranktüre und verließen, nachdem sie- nichts sahen, was einer weiteren gründlichen Begutachtung wert schien, das Schlafzimmer.

Die nächste Türe war nur angelehnt, sie führte ins Wohnzimmer.
Das Wohnzimmer wirkte noch unaufgeräumter als ihrer beider Kinderzimmer. Ihre Mutter hätte ihre helle Freude, und der General bekäme sicherlich vier Wochen Hausarrest aufgebrummt...

Der ganze Wohnzimmertisch war übersät mit Papieren, Büchern, Karten und benutztem Geschirr. Auf dem Sofa lag getragene Kleidung, ein Stapel frisch gebügelter Wäsche, ein Teller mit einem geschälten, halb verschimmelten Apfel und eine umgefallene Tasse mit eingetrocknetem Kaffee. Es wurde wirklich Zeit, dass Britta und Mama Bachmeier in diesem Chaos für Ordnung sorgten. Selbst den Zwillingen war die Unordnung hier zu groß! Außerdem war die Luft scheußlich, es müffelte und sie konnten nicht genau benennen, nach was.

Vor dem Fenster stand ein alter, ziemlich vertrockneter Gummibaum, über einem seiner Blätter hing eine Socke. Diese war mittlerweile völlig verstaubt, und schien wohl schon länger dort zu hängen und nicht vermisst zu werden. Hans warf einen Blick auf die verteilten Karten auf dem Tisch. Es gab einen Zirkel, einen Kompass, ein Lineal und verschiedene Füllfederhalter. Auf den Karten waren Notizen gemacht worden, und jemand hatte Breiten- und Längengrade eingezeichnet.

Da sich keiner der beiden für Erdkunde interessierte und Mathematik auch nicht ihr Spezialgebiet war, ignorierten sie diese Dinge und schauten sich im restlichen Zimmer um, ob es nicht etwas Interessanteres zu finden gäbe. Die große Schrankwand enthielt nichts als Bücher, Atlanten und weitere Karten, aber nichts, was ihr Interesse geweckt hätte.
Während sie sich umsahen, konnten sie einen Blick über den Flur in die Küche werfen. Peter meinte: „Mensch Hans, die Leute verstecken doch ihr Geld immer in Kaffeedosen! Vielleicht hat Herr Detterbeck auch so etwas in der Küche stehen?"

Sie verließen das Wohnzimmer und machten sich auf den Weg in die Küche. Hier war alles erstaunlich ordentlich, kein benutztes Geschirr, keine Essensreste, nichts stand hier herum, überhaupt nichts. Auch keine Kaffeedose!
Sie öffneten die Türen der Küchenzeile, eine nach der anderen.
Nichts als Konserven, fein säuberlich gestapelt. Im anderen Schrank waren Vorratsdosen, Gläser, Töpfe, alles in Reih´ und Glied. Völlig langweilig und kein bisschen aufregend!
Da fiel ihnen die Tür zur Speisekammer auf, und neugierig warfen sie einen Blick hinein. Hier verbargen sich hinter der Türe jedoch keine Lebensmittel, sondern es war eine Art Rumpelkammer. Neugierig sahen sich die beiden um.

Viele unterschiedlich große Koffer, mit bunten Aufklebern versehen, standen dort. Alle waren federleicht, was bedeutete, dass sie leer waren.
Kurz bestaunten die Brüder die verschiedenen Aufkleber und lasen sich gegenseitig die Länder vor, in die der General anscheinend schon gereist war.
Von manchen hatten sie noch nie gehört, es waren exotische Namen wie Barbados und Tahiti, doch auch das langweilte sie schnell.

Dann entdeckten sie die Uniformen. Diese hingen fein säuberlich neben den Koffern an einer Kleiderstange, schnell war ihre Neugierde geweckt.
Hans nahm eine der Uniformen vom Bügel und schlüpfte in die Jacke. Er salutierte mit erhobenem Haupt und der Hand an der Schläfe und schlug dabei die Hacken zusammen.
Dabei stießen seine Knöchel aneinander, da er nur Sandalen anhatte.
Er stieß einen Schmerzensschrei aus: „Aua, oohh!" stöhnte er.
Schnell schlug er sich die Hand vor den Mund, damit niemand den Schrei hörte, aber Peter musste über das Missgeschick so laut lachen, dass, falls jemand in diesem Moment nach Hause gekommen wäre, ihr Eindringen in die Wohnung sofort bemerkt worden wäre.

Peter nahm nun ebenfalls eine Uniformjacke vom Bügel und baute sich vor seinem Bruder auf. Vorsichtig salutierte er und deutete den Hackenschluss nur an, sollte sein Bruder doch mal sehen, wie man sowas richtig machte...
Beide verließen halb uniformiert die Rumpelkammer und machten sich zurück auf den Weg ins Wohnzimmer, denn beim Verlassen war beiden etwas ins Auge gestochen, das sie sich jetzt näher ansehen wollten...
Es gab noch eine Türe, die vom Wohnzimmer abging, die sie aber nur aus den Augenwinkeln bemerkt, ihr aber keine weitere Beachtung geschenkt hatten. Nun öffneten sie die angelehnte Türe und standen plötzlich im Militär-Zimmer des Generals.

Außer einem großen runden Tisch mit jeder Menge Karten darauf gab es auch hier Zirkel und Lineale, ein Fernglas lag auf dem Tisch, am Boden ein Kompass. Fotos und Bilder, die den General in Uniform zeigten, zierten die Wände.

Es gab weiterhin noch eine kleine Bank, die von Karten und einem beleuchtbaren Globus fast vollständig bedeckt war. Das Fenster des Raumes ging in den Garten. Es musste das sogenannte „Kriegszimmer" des Generals sein, aus dem man ihn oft bis in den Garten Befehle brüllen hören konnte. Ansonsten gab es hier nichts Interessantes für sie zu finden

Als sie ins Wohnzimmer zurückkamen, bemerkten sie die Vitrine neben dem Sofa, die sie bei ihrem ersten Entdeckungstour durchs Wohnzimmer gar nicht bemerkt hatten, weil sie durch die leicht geöffnete Tür verdeckt war. In der Vitrine befanden sich jede Menge Orden, bestimmt an die 20 Stück. Sie lagen einzeln auf Samtkissen oder in kleinen Schachteln- mit aufgeklappten Deckeln.
Sie waren ganz bunt, oder aus Gold und Silber, und sie sahen sehr wertvoll aus.
Das Beste aber war, dass die Vitrine nicht verschlossen war…

Da waren sie doch, die Dinge, nach denen sie gesucht hatten!
Sie öffneten die Türe und nahmen einige Orden heraus und begutachteten sie. Sie hatten alle irgendwelche Namen, wie Kreuz am Band, Ehren-Medaille, Eisernes Irgendwas…
Alle hatten eines gemein, eine Sicherheitsnadel auf der Rückseite, mit der man sie an der Uniform befestigen konnte.
Gesagt getan, beide schnappten sich jeweils drei weitere Medaillen und verliehen sie sich gegenseitig.
Mit hochwürdevollem Gesichtsausdruck gab es jeweils einen Orden für mutigen Kampfeinsatz, für die Rettung von Kammeraden, für 13 erschossene Feinde usw.
Wechselseitig steckten sie sich die Orden für eine spontan erdachte Heldentat an, um sich dann salutierend zu gratulieren.

Stolz standen sie sich gegenüber, völlig in ihrem Kriegsspiel versunken, als Peter plötzlich auf die, hinter Hans liegende, Wand deutete. „Schau doch mal!"
Hans drehte sich um und staunte nicht schlecht. An der Wand neben dem Fenster hing ein Glaskasten mit zwei bemalten, wahrscheinlich sehr alten

und ganz offensichtlich wertvollen Pistolen. Die beiden waren untereinander angebracht und zeigten mit dem Lauf jeweils in die entgegensetzte Richtung. Darunter stand etwas in alter deutscher Schrift, was keiner der beiden entziffern konnte.

Der Glaskasten war mit einem Vorhängeschloss gesichert, so dass man nicht an die Pistolen herankam, ohne den Glaskasten zu beschädigen.
Da der Kasten so hoch hing, dass seine Unterkante auf Höhe der Stirn der beiden verlief, konnten sie die Pistolen nicht genau begutachten. Ein Stuhl oder ähnliches musste her, um höher zu kommen.
Peter entdeckte einen Fußschemel, der unter dem vollgepackten Wohnzimmertisch herausschaute.
Er zog ihn hervor und stieg darauf. „Wow!" rief er aus, das musst du dir anschauen, da ist bestimmt sowas wie Elfenbein drin, und die haben Skelette drauf gemalt und Leichen…!"

Hans schubste Peter vom Schemel und stieg nun ebenfalls hinauf, um sich die Pistolen genauer anzuschauen. Staunend stand er davor. Er tastete mit der Hand oben am Glaskasten entlang, ob nicht doch irgendwo eine Öffnung war, durch die man an die Pistolen käme. Während sein Blick durch den Raum glitt, um etwas Geeignetes zu finden, womit man den Glaskasten öffnen konnte, fiel ihm ein länglicher Gegenstand auf dem Wohnzimmerschrank auf.
„Peter, schau doch mal, denkst du, das ist ein Gewehr?" fragte er.

Nun war auch Peters Interesse geweckt, und er sah nach oben, in die Richtung, in die Hans deutete.
Tatsächlich, dort oben auf dem Schrank lag etwas das aussah wie ein Gewehr, in eine Art Umhängetasche einpackt.
Das musste er haben, koste es was es wolle.
Jetzt schubste er seinerseits Hans von dem Schemel und schob diesen vor den Schrank. „Ich hol das Ding runter, vielleicht ist es wirklich ein Gewehr!" raunte er, den Blick fest nach oben gerichtet. Schnell musste er feststellen, dass der Schemel allein nicht reichte um bis zu dem Jagdgewehr zu gelangen.

„Hans, komm her!" rief er „Mach mir eine Räuberleiter, ich komm´ so nicht dran!"

Gesagt getan! Nun stieg Hans auf den Schemel und machte eine Räuberleiter, damit Peter, erst auf den Schemel und dann über seine Räuberleiter an das verpackte Irgendwas reichen würde.

Peter balancierte auf den Schemel und hielt sich dabei an einem Regalboden des Schrankes fest, dann stellte er seinen Fuß in die gefalteten Hände von Peter.

Er wippte zweimal, um sich in die Höhe zu schwingen.

Für einen kurzen Moment war er mit seinem Ziel auf Augenhöhe und griff danach, dann gab der altersschwache Schemel den Geist auf.

Er brach einfach in der Mitte durch, das Gewicht der beiden Bachmeier-Buben war zu viel für ihn gewesen.

Haltsuchend griff Peter im Fallen nach dem Riemen der Umhängetasche, und fiel samt Tasche und Inhalt, gemeinsam mit Hans, zu Boden. Im Fallen riss er mit der Tasche, die er fest umklammert hielt, den Glaskasten mit den Pistolen herunter, welcher klirrend am Boden zerbarst, und schlug- beim verzweifelnden Rudern mit den Armen, um sein Gleichgewicht wieder zu finden, die Fensterscheibe ein.

Es ertönte nur ein leises „Klack", und quer über die große Fensterfront verlief ein langer Riss.

Unten am Boden angekommen, schlug das- in der Umhängetasche verwahrte Gewehr mit dem Kolben auf und es gab einen ohrenbetäubenden Knall! Das musste ein Schuss gewesen sein…! Hans saß unter Peter und fühlte etwas Nasses an seinem Arm herunterlaufen. Da er, als erster unten angekommen war, hatte er sich mit den Händen abgestützt und war in den Scherben des Glaskastens gelandet.

Als er jetzt versuchte, den völlig bewegungsunfähigen, vor Schreck wie gelähmten Peter von sich herunter zu bugsieren, stellte er fest, dass ihm Blut vom Handrücken tropfte, das auch noch auf den Ärmel der Uniformjacke des Generals lief. Schnell versuchte er, das Blut wegzuwischen, machte es damit aber nur schlimmer, denn jetzt zeichnete sich ein großer, roter Fleck ab, der nicht zu übersehen war.

Peter saß nun völlig starr neben Hans auf dem Boden und schlotterte wie Espenlaub. Tränen rannen über sein Gesicht. Er hatte Riesenglück gehabt, dass ihn die Kugel nicht getroffen und niemand den Knall gehört hatte.
Da das „Ich + Du-Haus" so abgelegen lag, hatte Gott sei Dank auch sonst niemand den Schuss bemerkt und gar die Polizei verständigt.
Das hätte ihnen gerade noch gefehlt!

Da saßen sie nun die beiden Brüder, ratlos und mit einem lauten Pfeifen in den Ohren. An der Decke klaffte ein ca.10 cm großes Loch, und es rieselten daraus immer noch Putz und Staub auf die Beiden herunter. Nun begann auch Hans zu weinen. Er hatte sich so furchtbar erschrocken, dass er sich fast in die Hose gemacht hätte.

„Wie sollen wir denn das nur Mama erzählen?" jammerte er. Komm, lass uns verschwinden, wir bekommen bestimmt eine Woche lang Hausarrest und dürfen nie wieder zum Fußball!"

Er begutachtete seine Hand und stellte fest, dass die Schnittwunde nicht wirklich tief war, so dass er sich gut mit einem Pflaster versorgen konnte. Wenn er einen Pullover oder ein langärmliges T-Shirt darüber zog, würde hoffentlich niemand etwas bemerken oder ihn mit dem Malheur hier in der Wohnung in Verbindung bringen.
Peter nickte nur, auch er wollte bloß weg, und zwar so schnell wie möglich.
Mit hängendem Kopf schlich er hinter Hans aus der Wohnung.
Er zog die Türe hinter sich zu, ohne einen Blick zurück zu werfen, die Augen der ausgestopften Tiere verfolgten sie jedoch, bis sie im Flur verschwunden waren...

Auf dem Weg in den Keller zu ihren Fahrrädern beschlossen sie, sich vorerst hier zu verstecken und sich erst wieder blicken zu lassen, wenn offiziell die Schule zu Ende war.
Wenn sie sich unauffällig verhielten, würde bestimmt niemand auf die Idee kommen, dass sie etwas mit der Verwüstung in der Wohnung des Generals zu tun hatten, und es würde Gras über die Sache wachsen.

30

Als sie im Erdgeschoss ankamen, hörten sie ein Auto vor dem Haus.
Irgendwer kam gerade nach Hause, jetzt aber nichts wie weg.
Beide flitzen die Kellertreppe hinunter, durch den Versammlungsraum und
den Heizungsraum, um sich im angrenzenden Tankraum, in dem sich der
große Öltank des Mehrgenerationenhauses befand, zu verstecken.

Sie ließen sich auf den kühlen Betonboden sinken und atmeten erst einmal
kräftig durch. Beiden schlug das Herz bis zum Hals. Gott sei Dank ließ
wenigstens das Pfeifen in den Ohren langsam nach.
Wie sie so da saßen und sich gegenseitig anschauten, erschraken sie fast
gleichzeitig ganz fürchterlich.
Beide hatten in der Eile vergessen, die Uniformjacken auszuziehen und die
Orden zurückzulegen, besser gesagt einfach in den Scherbenhaufen zu den
anderen Orden zu werfen.
Das war ja eine schöne Bescherung!
Zurück in die Wohnung des Generals? Auf gar keinen Fall!

Für den Nachmittag hatten Britta und Mama Bachmeier geplant, in der
Wohnung von Herrn Detterbeck für Ordnung sorgen, spätestens dann würde
das Chaos auffliegen.
Es blieb Ihnen nichts anderes übrig, als hier zu sitzen und zu überlegen, wie
sie die verräterischen Uniformjacken und die Orden wieder loswerden
konnten.

Bei der Besichtigungstour durch die Wohnung des Generals hatten sie gar
nicht bemerkt, wie schnell die Zeit vergangen war.
Es war mittlerweile 12:00 Uhr mittags, und alle Bewohner kamen langsam
wieder nach Hause.
Gaby und Britta kamen mit den Kindern vom Arzt zurück.

Gerda Bachmeier begleitete Oma Bachmeier nach oben, denn diese war noch etwas wackelig auf den Beinen, da heute ihr grauer Star operiert worden war.

Danach, so hofften alle, konnte Oma Bachmeier wieder richtig gut sehen, zumindest hatte der Augenarzt das versprochen, vorerst wenigstens erst einmal auf einem Auge.

Sepp kam ebenfalls für die Mittagspause ins „Ich + Du-Haus" zurück, um diese im Garten, im Liegestuhl bei seinen Rosen zu verbringen und die Tageszeitung endlich einmal ausführlich zu lesen.

Mike war noch in München bei der Arbeit.

Also wurde es langsam Zeit, dass Hans und Peter sich aus dem Keller schlichen, um so unauffällig wie möglich, wie an jedem anderen Tag, mit ihren Rädern mittags nach der Schule, vors Haus zu fahren.

Keiner hatte bemerkt, dass die Räder schon den ganzen Vormittag hinter dem Haus neben dem Kellereingang standen.

Doch wohin nun mit den Uniformjacken?

Sie mussten sie vorher unbedingt noch loswerden.

Die Kellerabteile der Bewohner waren nie verschlossen, dort könnte man die Jacken ja verstecken.

Welches wäre dafür wohl das geeignetste?

Wer würde nur selten etwas aus Keller holen oder benötigen?

Sie überlegten kurz und waren sich dann schnell einig.

Das konnte eindeutig nur das Abteil von Leni und Hauke sein!

Deren beider Keller war fast völlig leer, nur zwei einfache Kleiderschränke standen darin, in denen jeder der beiden seine Sommer- beziehungsweise Wintergarderobe aufbewahrte.

Ansonsten lehnte hinten im Eck Lenis rosa-rotes Fahrrad, das sie nie benutzte, weil sie im Fahrrad fahren nicht geschickt genug war.

Es war das letzte Geschenk ihrer Mutter gewesen, bevor sie starb.

Deshalb hielt Leni das Rad auch weiterhin in Ehren, selbst wenn sie es nie benutzte. Sie würde es auf keinen Fall jemals verkaufen oder verschenken.

Stattdessen schob sie es zweimal im Jahr in den Garten, um es zu putzen, damit es immer blitzblank war. Anschließend brachte sie es wieder in den Keller….

Hans und Peter überlegten, die Uniformjacken in Haukes Kleiderschrank verschwinden zu lassen, was er bestimmt erst im Herbst bemerken würde. Hauke ging so gut wie nie in den Keller, denn es ekelte ihn vor Spinnweben, Staub und Schmutz.
Meist bat er sogar Leni, ihm seine Kleidung mitzubringen. Auch für den Garderobenwechsel hatte er seine eigene Vorgehensweise.

Wenn seine eingelagerte Kleidung aus dem Keller nach oben gebracht wurde, dann musste sie erst von irgendeinem Mitbewohner, nach einem festgelegten Ritual, einmal im Garten kräftig geschüttelt, dann auf links gedreht und erneut geschüttelt werden, vorher konnte er sie nicht anfassen, geschweige denn in sein Zimmer bringen. All dies war wichtig, damit sich bestimmt kein Getier zu ihm- oder in seinen Schrank verirrte.

Bis zum Herbst waren noch es noch fast fünf Monate. Bis dahin wäre längst Gras über die Sache gewachsen- beziehungsweise niemand würde Hans und Peter mit den Vorfällen in der Wohnung des Generals und den verschwundenen Dingen in Verbindung bringen. Da waren sie sich völlig sicher!

Gesagt, getan! Sie entledigten sich der schweren Uniformjacken, beließen die Orden am Revers und öffneten vorsichtig die Türe zum Heizungsraum. Niemand zu hören und niemand zu sehen!
Leise schlichen sie, die Jacken unter dem Arm, durch den Heizungsraum und spähten in den Flur des Kellers. Auch hier war niemand zu sehen. Blitzschnell schlüpfen sie in das Kellerabteil, öffneten Haukes Kleiderschrank und stopften die Uniformjacken soweit wie irgend möglich nach hinten, damit sie nicht sofort auffielen, falls Hauke doch, wider Erwarten, früher einmal in seinen Schrank sah.

Hans besah sich noch schnell seinen Arm mit der Schnittwunde.

So schlimm wie anfangs vermutet war sie gar nicht, sie hatte mittlerweile aufgehört zu bluten und zeigte sich nur noch als kleiner Kratzer.
Gott sei Dank! Das konnte er auch bei einem Unfall beim Spielen oder Rangeln mit seinem Bruder passiert sein…

Sie zogen die Tür des Kellerabteils zu und schlüpften durch die Hintertüre hinaus in den rückwärtigen Garten. Dort schwangen sie sich auf ihre Räder und radelten in Richtung Wald davon. Es hatte sie bisher noch niemand bemerkt.
Wenn sie am Wald entlang über den Wiesenweg eine große Schleife fuhren, konnten sie einfach wieder über die Dorfstraße vors Haus fahren, so dass alles so aussah wie immer.

In der Zwischenzeit hatte Gerda Bachmeier damit begonnen, Pfannenkuchen zu backen, damit alle gemeinsam zu Mittag essen konnten.
Als die Buben fröhlich pfeifend und mit einer Unschuldsmiene in den zweiten Stock stürmten und sich an den Mittagstisch setzten, stellte Mama einen großen Teller voll duftender Pfannkuchen auf den Tisch.
Gabi hatte Luggi auf dem Schoß. Sie bestrich seinen Pfannkuchen mit Heidelbeermarmelade und fütterte ihn.
Bereits nach zwei Bissen waren Gesicht und Finger von Luggi- sowie die neue rote Bluse von Gabi mit Marmeladenflecken übersät.
Mit einem tiefen Seufzer versuchte Gabi, sich und das Baby mit einer Serviette sauber zu bekommen, richtete dabei aber nur noch größeren Schaden an.
Die Bluse würde sie nie mehr sauber bekommen.
Gerda schnitt für Oma die Pfannenkuchen in kleine, mundgerechte Stücke und bestreute sie mit Puderzucker, um ein ähnliches Malheur wie bei Gabi und Luggi zu verhindern. Vor allen Dingen heute, wo doch die Oma nach ihrer Operation noch weniger sah als sonst.

Die Jungs hingegen rollten die Pfannkuchen nur ein und schlangen sie mit Heißhunger, ohne Besteck, Puderzucker oder Marmelade, hinunter. „Gerade noch mal gut gegangen!" dachten sie im Stillen.

Eigentlich war alles wie immer, nur die Schnittwunde an Hans Arm
kribbelte...

31.

Während sich alle im „Ich + Du-Haus" das Mittagessen schmecken ließen,
war im Krankenhaus die Mittagspause bereits beendet. Leni hatte viel zu
berichten von den aufregenden Erlebnissen des Vormittags, und auch Elena
steuerte ein paar Geschichten bei.
Auf ihrer Station waren schon die ganzen Tage über immer wieder
Diebstähle vorgekommen, aber dass nun auch auf Lenis und Niklas Station
gestohlen worden war, sorgte für allgemeine Aufregung.
Elena erzählte, dass der General, Lenis Bekannter, heute wieder die ganze
Zeit furchtbar geschimpft und ihr dies richtig Angst gemacht hatte. Deshalb
hörte sie gleich wieder auf zu putzen und brachte stattdessen den Müll aus
dem Zimmer. Dann versteckte sie sich im Flur, bis Anna mit dem Zimmer
fertig war.
Leni konnte Elena gut verstehen, ihr war es auch immer ganz unheimlich,
wenn der General so schimpfte und schrie. Trotz alledem würde sie ihn
heute Mittag noch einmal besuchen. Vielleicht konnte sie, bevor sie wieder
zur Arbeit musste, doch noch das schöne Messer und die alte Uhr finden.
Vielleicht hatte er beides wirklich einfach nur verlegt.

Sie räumten nacheinander ihre Teller in den Geschirrwagen und machten
sich auf den Weg zurück in ihre Abteilungen, um wieder mit der Arbeit zu
beginnen.
Da Leni heute ja schon viel früher als alle anderen hier im Krankenhaus
gewesen war, durfte sie eine halbe Stunde länger Mittag machen.
Diese Zeit wollte sie nutzten, um Herrn Detterbeck einen kurzen Besuch
abzustatten. Als sie auf der Station ankam, war es ganz ähnlich wie gestern,
d.h. man konnte den General über den ganzen Flur hören. Er schimpfte auf
das Essen, den „miserablen Fraß", die „unfreundlichen Schwestern" und
vieles mehr. Leni wollte schon auf der Stelle kehrt machen, besann sich

dann aber eines Besseren. Sie öffnete langsam die Zimmertüre und spähte in den Raum. Wo eben noch lautes Schimpfen zu hören war, zeigte sich plötzlich ein Lächeln auf dem Gesicht des Generals. Er hatte sie anscheinend auch heute sofort erkannt. „Komm her, meine kleine Leni, und setz´ dich zu mir aufs Bett!" sagte er freudestrahlend. Leni traute sich nicht zu widersprechen, obwohl es ihr sichtlich unangenehm war, auf dem Bett beim General zu sitzen. Heute schien er aber einen guten Tag zu haben, denn seine Stimme war leise und freundlich. „Schön, dass du mich besuchen kommst!" sagte er lächelnd.

Leni nahm dies als gutes Zeichen und nutzte die Gunst der Stunde, ihn zu fragen, ob er seine Uhr mittlerweile wieder gefunden hatte. Der General verneinte mit einem traurigen Zug um den Mund, und seine Stimme wurde noch ein wenig leiser. „Nein, keine Spur von beidem!"

Er wirkte sichtlich geknickt, und Leni konnte spüren, wie sehr ihn der Verlust schmerzte. „Soll ich noch einmal suchen?" fragte sie ihn höflich, doch der General verneinte. „Sepp war heute auch schon hier!" sagte er, „und er hat alles auf den Kopf gestellt und nichts gefunden. Meine Uhr und mein Messer sind und bleiben verschwunden!" Traurig sah er Leni an. Kurz darauf richtete er sich auf und es erschien ein Blitzen in seinen Augen: „Man müsste die Kerle in einen Hinterhalt locken!"

Doch so plötzlich wie das Aufleuchten in seinen Augen erschienen war, so schnell war es auch wieder verschwunden. Er ließ sich resigniert in die Kissen zurückfallen und schloss die Augen.

Leni überlegte kurz, was genau er mit einem Hinterhalt meinte?

Während sie in Gedanken den General beobachtete, wie er traurig und still in seinem Bett lag, kam ihr eine Idee!!

Sie würde sich heute Abend mit Hauke unterhalten, schließlich war er der schlaueste Mensch, den sie kannte. Er konnte ihr bestimmt erklären, was es bedeutete, jemanden in einen Hinterhalt zu locken, und er hatte vielleicht eine Idee, wie sie dem General helfen könnten.

Als der General immer noch nichts sagte, bemerkte sie, dass er eingeschlafen war.

Leni rutschte vorsichtig vom Bett herunter und schlich zur Tür.

Als sie aus dem Zimmer schlüpfte, erschrak sie und stieß einen kleinen Schrei aus, weil just in dem Moment auf dem Flur ein Bote mit seinem piependen Elektroroller vorbeisauste.

Als sie sich bang umblickte, sah sie, dass der General immer noch fest schlief. Er gab nur ein lautes Grunzen, gefolgt von einem tiefen Schnarchen, von sich.

Schnell schloss sie die Türe hinter sich und machte sich auf den Weg zur Arbeit.

Als sie auf der Station ankam und sich zu Manda gesellte, fühlte sie sich richtig aufgeregt.

Sie wollte dem General helfen, das war ihr jetzt ganz klar, und gemeinsam mit Hauke würde ihr schon die passende Idee kommen.

Hoffentlich würde der Arbeitstag schnell beendet sein, damit sie mit Hauke sprechen und mit ihm gemeinsam Pläne schmieden konnte.

Niklas, der in der gegenüberliegenden Zimmertüre stand und sie beobachtete, legte den Kopf schief und sah sie interessiert an. „Leni, heckst du schon wieder was aus?"

Leni schüttelte etwas zu schnell den Kopf und versuchte dadurch, Niklas zu beruhigen. „Nein, nein!" suchte sie nach einer passenden Ausrede.

Sie wusste, wenn sie wieder etwas anstellte, würde der Praktikumsplatz für alle Beteiligten ernsthaft gefährdet sein, das hatte ihr Frau Berger ganz deutlich angedroht, nach ihrem Erlebnis mit den Rosen am ersten Arbeitstag.

Damals waren ihre Kollegen alle stinksauer auf sie gewesen. Sie wollte auf keinen Fall jetzt das Misstrauen von Niklas wecken, weshalb sie mit Unschuldsmiene erwiderte: „Ich war nur bei Herrn Detterbeck, dem General. Ich freue mich, weil er heute ganz leise war und nicht herumgebrüllt hat!"

Diese Antwort schien Niklas zufriedenzustellen. Er drehte sich um, winkte ihr noch kurz zu und verschwand dann hinter Anna im Zimmer 201.

Um diese Uhrzeit saßen die Schwestern immer im Stationszimmer und hatten ihr Übergabe-Gespräch, d.h. der Frühdienst gab alle Informationen des Tages an den Spätdienst weiter. Heute gab es besonders viel zu berichten, da nun auch in ihrer Station ein Patient, Herr Bacher, bestohlen worden war.
Alle Schwestern der Nachmittags-Schicht stöhnten auf, weil sie wussten, dass dieser Diebstahl auf ihrer Station für große Unruhe und großen Unmut bei den Patienten sorgen würde. Sie würden viele Fragen beantworten und die Patienten beruhigen müssen. Das konnte ja heiter werden...

Hannelore berichtete, dass ein Kommissar heute Morgen hier gewesen war und viele Fragen gestellt hatte. Sie bat ihre Kolleginnen, nachzudenken, ob Ihnen noch etwas Besonderes aufgefallen war und ob, oder wann sie zum letzten Mal die kunstvoll verzierte Dose mit dem Rasierzeug von Herrn Bacher in dessen Bad gesehen hatten.

Es folgte einhelliges Schulterzucken, denn niemand hatte wirklich darauf geachtet. Herr Bacher war mittlerweile schon wieder so fit, dass er die Körperpflege alleine schaffte und ihn niemand mehr ins Bad begleiten musste.
So war es nicht verwunderlich, dass keiner Schwester aufgefallen war, dass die Dose weg war.

In diesem Moment kam Herr Bacher aus dem Zimmer, gefolgt von seiner Frau, die seine Tasche trug. Er hatte eine kleine Schachtel Pralinen in der Hand, die er Schwester Stephanie in die Hand drückte. „Bitte geben Sie diese Leni, sie hat sich heute so viel Mühe gegeben, dem Kommissar bei der Suche nach meiner Dose zu helfen. Vielleicht gelingt es mit ihrer Beschreibung und ihrer Beobachtung, das Erbstück meiner Frau zurückzubekommen!"
Seine Frau zuckte ratlos und resigniert mit den Schultern und folgte ihren Mann dann Richtung Ausgang. Sie schien nicht daran zu glauben, dass das kleine Döschen wieder auftauchen würde.

32

Leni konnte es kaum erwarten, nach Hause zu kommen, und obwohl es wirklich viel zu tun gab, wollte der Nachmittag einfach nicht vergehen.
Sie überlegte schon die ganze Zeit, wie sie Hauke dazu bewegen könnte, ihr zu helfen. Wenn sie doch nur wüsste, was ein Hinterhalt ist! Der General klang so überzeugt, dass man damit den Dieb schnappen könnte...

Sie musste noch ein wenig geduldig sein, das wusste sie. Wenn sie schon im Bus auf dem Nachhauseweg begann, ihn zu bedrängen, wäre Hauke nur ungehalten und verärgert.
Er brauchte seine 10 Minuten während der Busfahrt ganz dringend, um den Tag noch einmal Revue passieren zu lassen.

Dies war ein wichtiges Ritual, deshalb sprach er während der Busfahrt nur selten und fühlte sich auch von Gesprächen anderer gestört.
Meist saß Hauke alleine in der letzten Bank und hing seinen Gedanken nach. Leni saß immer zwei Reihen vor ihm- neben Margarete, und sie tauschten sich über die Erlebnisse des Tages aus, z.B. - über Jungs, Mode und Musik. Die beiden hatten sich immer viel zu erzählen, sich gegenseitig zu necken oder Späße zu machen. Heute fiel es Leni jedoch sehr schwer, den Geschichten von Margarete aufmerksam zu zuhören.
Ob Margarete wusste, was ein Hinterhalt war? Vielleicht sollte sie sie fragen...
Aber der Bus hielt bereits vor der Bäckerei, Leni sprang eilig hinaus, verabschiedete sich von Margarethe und macht sich auf den Weg zum „Ich + Du-Haus.
Hauke folgte ihr in seinem langsam und schleppend wirkenden Gang.
Sie drehte sich um und winkte Margarete nochmals kurz zu. Die fuhr noch eine Station weiter, bis sie direkt beim elterlichen Bauernhof aussteigen konnte.
Jetzt dauert es nicht mehr lange, dachte sich Leni, bis sie Hauke von den Diebstählen in der Klinik erzählen konnte, auf Haukes Gesicht war sie schon gespannt!!

Doch alles kam ganz anders…

„Ruhe!" hörte man Sepp schimpfen. „Nun fasst doch nichts an, ihr verwischt ja alle Spuren!"
Britta lief gerade nach oben in den ersten Stock.
„Könnt ihr denn nicht hören!" rief Sepp jetzt noch etwas lauter. Seine Stimme kam ebenfalls aus dem ersten Stock.
„Aber da ist Blut!" rief Mama Bachmeier: „Da ist Blut!! Schau doch selber hin, es muss etwas ganz Schlimmes passiert sein!"

Hauke warf nur einen kurzen Blick in Richtung Treppenhaus und verschwand wortlos in der Wohnung. Aufregung und Geschrei nach der Arbeit, nein, das war nichts für Hauke.
Leni hingegen warf ihre Tasche in den Flur und sauste in den ersten Stock. Es musste etwas passiert sein, das konnte sie an den aufgeregten Stimmen hören.
Oben angekommen, stellte sie fest, dass die Tür des Generals offenstand und Mama Bachmeier mit Schürze und Eimer bewaffnet im Treppenhaus stand und aufgeregt auf Sepp einredete.

Sepp versperrte ihr offensichtlich den Weg zur Wohnung und hinderte sie daran hineinzugehen. Britta stand ebenfalls vor der Wohnungstüre und wirkte ratlos und verunsichert. „Was ist denn hier los!" fragte Leni ganz aufgeregt.
Sepp entgegnete mürrisch „Du hast mir gerade noch gefehlt, du bleibst auch draußen, denn es handelt sich hier um einen Tatort!"
Leni bekam große Augen. „Einen Tatort!!" rief sie aus.

Hier in ihrem Haus war anscheinend ein Verbrechen geschehen…
„Was ist denn passiert?" fragte sie Sepp und hüpfte dabei aufgeregt von einem Bein aufs andere.
„Das wissen wir noch nicht, und ich kann jetzt niemand in die Wohnung lassen, bis wir alle Spuren gesichert haben!" Er nahm Leni an den Schultern und schob sie Richtung Treppe. „Schon gar keine Hobby-Ermittlerin wie

dich! Du wirst es früh genug erfahren, wenn wir herausgefunden haben, was überhaupt passiert ist.
Also macht alle, dass ihr hier wegkommt, und stört mich nicht bei der Arbeit"

Im nächsten Moment hörte man die Sirene eines Polizeiautos und sah das Blaulicht, das sich im Baum vor den Fenstern reflektierte.

Jetzt wurde es richtig aufregend! Leni hüpfte immer noch von einem Bein auf das andere, und bekam jetzt zusätzlich noch Schluckauf.
Martl kam im Gefolge von Fritz die Treppe heraufgestürmt. „Hallo zusammen, wisst ihr, wo Sepp ist, wo müssen wir hin?" Britta deutete auf die Tür, die nun von innen geöffnet wurde. Sofort machte sich Mama Bachmeier mit ihrem Eimer wieder auf den Weg in die Wohnung. Sepp schob sie mit beiden Händen rückwärts in den Flur.

„Aber da ist Blut!! Lass mich das doch wegputzen, wir bekommen den Teppich nie wieder sauber, wenn das erst mal eingetrocknet ist!" sagte Gerda Bachmeier entrüstet
„Das ist ja die Höhe!" rief Sepp ungehalten Martl zu, und er hatte dabei alle Hände voll damit zu tun, die aufgebrachte Gerda in Schach zu halten.
„Die würde eiskalt alle Spuren vernichten mit ihrem Putz-Wahn!"

Er schubste Gerda Bachmeier nun noch ein Stückchen weiter weg von der Türe, so dass Martin und Fritz endlich eintreten konnten.
Sepp schloss die Türe hinter Martl und Fritz und ließ die drei „Damen" wortlos im Treppenhaus zurück.
„Was ist denn passiert?" fragte Leni nun Gerda Bachmeier.
Die meinte schulterzuckend: „Es ist jemand eingebrochen - beim General, da ist Blut am Boden und ein riesiges Loch in der Decke!"
Anscheinend hat irgendwer geschossen, und es wurde jemand verletzt!" fügte Britta hinzu, dabei machte sie ein ernstes Gesicht.
„Die Fensterscheibe ist gesprungen, und überall liegen Glasscherben herum, vermutlich von dem Kasten, in dem der General seine Orden aufbewahrt! Ob etwas fehlt, kann ich noch nicht sagen, denn bevor ich nachschauen konnte, hat Sepp mich aus der Wohnung geschubst. Dabei

wollte ich doch so gerne noch nachsehen, ob in der restlichen Wohnung alles in Ordnung ist!" ergänzte Mama Bachmeier.

Britta erzählte, dass sie und Mama Bachmeier sich, wie verabredet, getroffen hatten, um in der Wohnung sauber zu machen und nach dem Rechten zu sehen, als sie das Schlamassel bemerkten.
Sie waren daraufhin sofort in den Garten hinuntergelaufen und hatten Sepp geholt, der noch im Liegestuhl lag und Mittagspause machte.
Dieser war die Treppen hinauf gestürmt und hatte sich den Schaden ebenfalls angesehen.
Schnell hatte er festgestellt, dass es sich wohl um einen Einbruch handeln musste, und daraufhin Martin und Fritz alarmiert.

Britta war in der Zwischenzeit nach unten gelaufen, um Mike Bescheid zu sagen, der auf die beiden Kleinen aufpasste, und genau in diesem Moment waren Leni und Hauke nach Hause gekommen.
Nur von den Bachmeier Buben war nichts zu sehen- erstaunlich, nachdem sie immer sofort zur Stelle waren, wenn etwas Aufregendes passierte.

Sie hätten doch das Polizeiauto hören und das Durcheinander von hektischen Stimmen im Treppenhaus hören müssen… Kurz überlegte Leni, wo sie sein könnten.
Vielleicht waren sie ja mit dem Fahrrad unterwegs, bei ihrem Lager am Bach. Es fiel auf jeden Fall in dem allgemeinen Durcheinander niemandem auf, dass sie nicht da waren. Auch Leni verschwendete keinen weiteren Gedanken mehr an die beiden.
Aufgeregt wartete sie hicksend vor der Wohnung des Generals. Sie hoffte noch etwas Neues zu erfahren, doch die Wohnungstüre blieb verschlossen.

Nachdem sie jetzt nichts mehr ausrichten konnten, machten sich Britta und Gerda auf den Weg in ihre jeweiligen Wohnungen.
Nur Leni blieb auf der Treppe sitzen und hatte immer noch einen unaufhörlichen Schluckauf.
Irgendetwas stimmt hier nicht!

Erst wurde der General im Krankenhaus bestohlen, jetzt wurde hier in seine Wohnung eingebrochen…

Sie sah auf ihre rosarote Armbanduhr und stellte mit Entsetzen fest, dass es gleich 17:30 Uhr war. Hauke würde bereits mit dem Essen auf sie warten und sehr ungehalten sein, wenn sie nicht pünktlich mit ihm am Tisch saß. Mit einem tiefen Seufzer erhob sie sich und machte sich auf dem Weg zurück in ihre Wohnung im Erdgeschoss.

Hauke hatte bereits den Tisch gedeckt und saß wortlos vor seinem belegten Brot.
Für ihn war jede Veränderung im Tagesablauf störend und beängstigend. Er befasste sich, wenn es irgendwie möglich war, gar nicht erst damit. Er erkundigte sich auch nicht mit einem Wort, was denn los gewesen sei.

Leni hingegen war für alles Neue und jede Veränderung dankbar.
Sie fand alles spannend und interessant. Sie konnte nie genug davon bekommen.

Heute fiel es ihr besonders schwer, Hauke in Ruhe zu lassen und ihn nicht sofort mit all ihren aufregenden Erlebnissen des Tages zu überrumpeln.
Sie nahm sich vor, Hauke nach dem Abendessen um Hilfe zu bitten. Er wusste bestimmt, was ein Hinterhalt ist, und konnte ihr dabei helfen, dem General seine Sachen wiederzubeschaffen.
Vielleicht konnte er ihr sogar dabei helfen, den Diebstahl der Uhr und des Messers aufzuklären.

Doch das mürrische Gesicht von Hauke während des Essens ermutigte sie nicht gerade, ihn heute noch mit ihren Fragen zu belästigen. Vielleicht sollte sie lieber erst einmal eine Nacht darüber schlafen.

Nach dem Essen saß Hauke wortlos in seiner Feierabendkleidung und frisch geduscht am Tisch und beobachtete Leni.
Sie räumte gedankenverloren die, nicht mehr benötigten Lebensmittel in den Kühlschrank und spülte das Geschirr.

Da passierte es! Unvermittelt stellte Hauke eine Frage: „Was war denn heute los im ersten Stock?"

Leni zuckte überrascht zusammen, sie konnte kaum glauben, dass sich Hauke tatsächlich dafür interessierte und Genaueres wissen wollte.

„Beim General wurde eingebrochen!!" klärte sie ihn auf.

Hauke legte die Stirn in Falten. „Warum beim General?" Hauke überlegte.

Der General hatte sehr viele ungewöhnliche Dinge in seiner Wohnung, altes Militärzeugs halt...

Landkarten, die noch von Hand gemalt waren zum Beispiel, einen Sextanten in einer Holzkiste und einen uralten Kompass in einem Silber-Etui.

Er besaß auch verschiedene Uniformen. Davon hatte Leni ihm erzählt. Sie hatte sie in der Speisekammer entdeckt, als sie damals in seiner Wohnung einen Platz für die Tasche mit dem Lösegeld gesucht hatte.

Es gab wohl auch Urkunden in Bilderrahmen und Orden, die hatte Leni ebenfalls gesehen, das wusste Hauke.

Der General hatte immer mal wieder einen seiner Orden an der Jacke getragen, wenn er außer Haus ging.

Hauke grübelte, ob irgendjemand dafür beim General einbrechen würde, was er sich einfach nicht vorstellen konnte.

„Fehlt etwas?" fragte er Leni.

Leni antwortete, dass Orden gestohlen wurden, die sehr wertvoll seien.

„Ist es das Eiserne Kreuz, das er immer mal wieder zum Dorffest an seiner Anzugjacke trug und das von allen immer bestaunt wurde?" wollte Hauke wissen

.

Na typisch, dachte Leni, in solchen Dingen kannte Hauke sich aus.

Er hatte bestimmt sofort in einem seiner vielen Wissensbücher nachgeschaut, um herauszufinden, welche Orden der General an seiner Jacke trug.

Dass die Orden viel Geld wert waren, hatte er bestimmt auch in einem seiner Bücher gelesen.

Leni erinnerte sich jetzt daran, schon mal einen oder mehrere Orden am Jackenkragen oder an der Brust des Generals gesehen zu haben. Sie hatte immer nur gedacht: „Was für eine schöne, glitzernde Brosche!" Und sich gewundert, dass auch Männer sowas trugen.

„Wurde deswegen in die Wohnung eingebrochen?" fragte Leni sich nun im Stillen.
Die Diebe mussten gewusst haben, dass der General im Krankenhaus war, denn so war es ein Leichtes gewesen, bei ihm einzubrechen und die wertvollen Orden zu entwenden. Sie mussten gewusst haben, dass im „Ich + Du-Haus" immer alle Türen offen waren.

Kurz nach der Geschichte mit der Entführung von Johanna, in die Leni und Hauke verwickelt waren, wurde die Haustüre für eine einige Zeit immer abgeschlossen. Im Laufe der Wochen siegte aber die Gewohnheit wieder über die Vernunft, und die Haustüre wurde, wie all die Jahre vorher, nicht mehr abgesperrt, und an allen Wohnungstüren steckte nach wie vor der Schlüssel…

Hauke dachte nach: „Das sind bestimmt Menschen, die Interesse an Militärzeugs haben, wer sonst würde solche Sachen stehlen!! Man kann damit ganz viel Geld verdienen- bei Leuten, die auf dieses Kriegsdings stehen."
Die Erklärung erschien Leni plausibel.

Hauke musste einfach Recht haben, denn wer würde sich sonst einen Orden an die Brust stecken, den er nicht einmal verdient hatte.
Mit diesem Gedanken machte sie sich auf den Weg in ihr Zimmer, und auch Hauke zog sich zum Nachdenken zurück.

Als Leni sicher war, dass ihr Sepp heute keine Neuigkeiten mehr verraten würde, beschloss sie, erst einmal ihre Lieblings-Sendung im TV anzuschauen und dann ins Bett zu gehen.
Vielleicht kam ihr in der Nacht ja die rettende Idee, wie sie dem General und auch dem netten Herrn Bacher helfen konnte.

Sie nahm sich ganz fest vor, sich morgen im Krankenhaus nicht zu verplappern. Der General durfte auf keinen Fall erfahren, dass bei ihm eingebrochen worden war, denn sonst würde er sich furchtbar aufregen.

33.

Im ersten Stock hatten Sepp, Martin und Fritz Beweise gesichert. Sie hatten die verbliebenen Orden eingesammelt und listeten anhand der leeren Samt-Kissen und Schächtelchen auf, wie viele der Orden vermutlich fehlten, es mussten mindestens fünf sein.
Mittlerweile war auch die Spurensicherung eingetroffen, die hier den ganzen restlichen Tag zu tun haben würden, dachte sich Sepp.

Die beiden Pistolen mit ihren wertvollen Elfenbeingriffen waren komischerweise nicht gestohlen worden. Das verwunderte die Polizisten am meisten, denn die antiken Pistolen waren deutlich mehr Geld wert als die Orden.
Der Lauf der Pistolen war aus echtem Silber, und die Elfenbeinschnitzereien waren so kunstvoll angefertigt, dass sie unbezahlbar waren, insbesondere da so etwas in der heutigen Zeit, aufgrund des Verbots des Handels mit Elfenbein, nicht mehr zu bekommen wäre, ganz abgesehen vom geschichtlichen Wert der Waffen...

Martl packte beide Pistolen in eine Tüte, um sie später von der Spurensicherung auf mögliche Fingerabdrücke untersuchen zu lassen.

Das Loch in der Decke, aus dem immer noch gleichmäßig Sand rieselte, konnte sicher nicht von den Pistolen verursacht worden sein, dafür war es viel zu groß. Es wurden auch davon Fotos gemacht und etwas von dem Sand in ein Tütchen gekehrt.
Es musste jemand mit dem alten Jagdgewehr geschossen haben, davon waren alle überzeugt.

Der Täter schien es dazu nicht einmal aus der schützenden Hülle genommen zu haben, denn diese zierte am oberen Ende ein großes Loch mit verkohlten, nach Schrot stinkenden Rändern.
Auch diese Waffe, inklusive der Tasche, wurde in eine große Tüte verpackt und der Spurensicherung übergeben.

Vom Blut am Boden zwischen den Scherben wurde eine Probe genommen, und auch Teile der Scherben, welche mit Blut bekleckert waren, wurden eingetütet.
Danach schauten sich die Techniker in den restlichen Räumen der Wohnung um.
Im Schlafzimmer sah alles unversehrt und heil aus.
Auch in der Küche schien alles in Ordnung zu sein, nur die Türe zur Speisekammer stand offen.
Die Beamten erkannten schnell, dass es sich um eine Art Abstellkammer handelte, in der der General statt Lebensmitteln also Kleidung, Koffer, Schuhe, Uniformen und vieles mehr verwahrte, fein säuberlich sortiert und geordnet.

An der Türe hingen zwei Kleiderbügel mit jeweils einer Uniform-Hose, die dazugehörigen Uniformjacken fehlten allerdings…
Da alle anderen Uniformen sauber und akkurat mit Hose und Jacke auf der Kleiderstange hingen, war dies mehr als verwunderlich.
Die Beamten sahen in den anderen Räumen nach, doch von den Jacken fehlte jede Spur.
Es handelte sich offensichtlich um eine Garde-Uniform und eine Parade-Uniform, wie ein militärkundiger Kollege schnell erkannte.
Beide stammten vermutlich aus der Zeit, als der General im Ausland stationiert gewesen war.
Die Diebe schienen es gezielt auf diese zwei Jacken abgesehen zu haben, ansonsten hätten sie bestimmt auch alle anderen Uniformen mitgenommen.
Es mussten Militär-Liebhaber sein, die sich gut mit den entsprechenden Uniformen und auch mit dem Wert der entwendeten Orden auskannten.
Erstaunlich war nur, dass sie die Hosen zurückgelassen hatten.
Vielleicht wurden sie gestört?

Hatten sie deswegen mit dem alten Jagdgewehr geschossen??

Sepp hatte nicht gewusst, dass der General eine geladene Waffe in seiner Wohnung aufbewahrte, ansonsten hätte er ihm diese schon lange abgenommen. In seinem geistigen Zustand konnte man nicht ausschließen, dass er Dummheiten damit machte.
Von den beiden schönen Pistolen ging keine Gefahr aus, dessen war sich Sepp immer schon sicher gewesen. Es gab keine Munition mehr, für diese alten Waffen. Außerdem waren sie schon seit vielen Jahren sicher in dem Glaskasten verwahrt und verschlossen gewesen.

Woher hatten die Diebe gewusst, dass es hier in der Wohnung wertvolle Militärutensilien gab? Hatte sich das am Ort herumgesprochen?
Gab es im Dorf jemanden, der besonderes Interesse an Militärgegenständen zeigte? Sepp überlegte, aber es fiel ihm niemand ein...
Martin hatte mittlerweile alle anderen Räume inspiziert und nirgends einen weiteren Schaden oder fehlendes Inventar festgestellt.

Die Spurensicherung würde im Laufe des Nachmittags kommen, Fingerabdrücke nehmen und die gesicherten Gegenstände mit in die Gerichtsmedizin nehmen. Sepp versperrte die Tür und klebte das Siegel der Polizei in den Rahmen, so dass für jedermann ersichtlich war, dass es sich hier um einen Tatort handelte.
Sepp beschloss, den Schlüssel sicherheitshalber mit zu sich in die Wohnung zu nehmen, damit nicht Mama Bachmeier doch noch versuchte, den Teppich zu reinigen und dadurch wertvolle Spuren zu vernichten.

34.

Am nächsten Morgen erwachte Leni bereits sehr früh, denn sie hatte schlecht geschlafen. Der Einbruch im „Ich + Du-Haus" hatte sie noch lange beschäftigt. Es war nicht das erste Mal, dass in ihr Zuhause eingebrochen worden war. Damals, als Johanna entführt worden war, waren die Täter ebenfalls ins „Ich + Du-Haus" eingedrungen und hatten nach dem Lösegeld gesucht, das Leni damals im Wald gefunden und in ihrer naiven, kindlichen Sorge mit nach Hause genommen hatte.

Sie hatten Lenis und Haukes Wohnung auf den Kopf gestellt und alles durcheinandergebracht.

Hauke hatte noch lange danach darunter gelitten, dass man in sein privates Reich eingedrungen war und seine, für ihn als Autisten ganz besonders wichtige Ordnung, durcheinandergebracht hatte.

Die Entführer hatten damals nichts gefunden, weil Leni die Tasche in der Wohnung des Generals versteckt hatte… Aber der Schreck steckte allen noch lange in den Gliedern!

Ob diese beiden Einbrüche irgendwie zusammenhingen?

Leni stand im Bad und putzte sich die Zähne. Hauke, der sonst morgens das Bad eine Ewigkeit belegte, um seine, für ihn wichtigen Morgenrituale durchzuführen, war heute schon mit allem fertig.

Normalerweise duschte er mindestens eine Viertelstunde lang, putzte zweimal die Zähne, einmal vor und einmal nach dem Frühstück, und wusch sich mindestens dreimal die Hände.

Heute jedoch war das Bad schon frei gewesen und von Hauke keine Spur….

Als Leni später in die Küche kam, saß Hauke bereits am Tisch und zeichnete etwas auf ein Blatt Papier. Leni trat näher und schaute ihm über die Schulter.

Er malte! Er malte gelbe Kreise? Erst bei genauerem Hinsehen erkannte Leni, dass es sich um verschiedene Orden handelte. Die Zeichnungen waren sehr detailreich und genauso, wie er die Orden, die der General manchmal trug, in Erinnerung hatte.

Leni sah ihn erstaunt an. „Seit wann kannst du zeichnen?" fragte sie.

„Immer schon!" antwortete er mürrisch.

Er beachtete sie nicht weiter und konzentrierte sich auf sein Bild, wobei er immer wieder Pausen machte und den Stift in den Mund steckte um innezuhalten, sein Werk zu begutachten und um kein Detail zu vergessen.

Leni setzte sich Hauke gegenüber. Sie hatte heute keine Lust auf Frühstück.
„Hauke!" fragte sie plötzlich in die Stille hinein, „Was ist ein Hinterhalt?"
Fragend sah Hauke sie an.
Unsicher und ein wenig nervös erzählte sie ihm, dass der General im
Krankenhaus davon gesprochen hatte, dass man Diebe in einen Hinterhalt
locken müsste, um sie auf frischer Tat zu ertappen.

Hauke, sichtlich genervt, erklärte Leni, dass ein Hinterhalt nichts anderes als
eine Falle sei, in die man die Täter lockt.
Er wollte weitermalen und sich nicht schon morgens mit Lenis Fragerei
aufhalten, doch da hatte er die Rechnung ohne Leni gemacht.
Jetzt war sie erst recht neugierig geworden und wollte wissen, wie das
„Fallenstellen" funktioniert...

Hauke legte den Stift beiseite, seufzte und erklärte in kurzen Worten:
„Die Polizei gibt den Dieben unerkannt einen heimlichen Tipp und stellt
ihnen zum Beispiel eine besonders wertvolle Beute in Aussicht.
Diese Beute versteckt die Polizei selber an einem geheimen Ort und
beobachtet diesen dann aus einem Versteck heraus.
Sobald die Diebe zuschlagen, stürmen die Polizisten als ihren Verstecken
und können so die Diebe verhaften!"

Leni staunte nicht schlecht, wie einfach die Erklärung von Hinterhalt war.

Nach kurzem Überlegen, Hauke malte bereits wieder an seinem Bild, sagte
Leni im Brustton der Überzeugung: „Dann müssen wir den Dieben eine Falle
stellen!"
Hauke hob den Kopf, sah Leni verwundert an und meinte: „Lass das mal die
Polizei machen! Das geht uns gar nichts an!"
Da fiel Leni ein, dass sie Hauke ja noch gar nicht erzählt hatte, dass der
General gestern im Krankenhaus ebenfalls bestohlen worden war.
Schnell, bevor Hauke sich wieder vollständig in sein Bild vertiefen konnte,
berichtete sie von den Vorfällen im Krankenhaus.
Nun wurde Hauke doch neugierig. Er legte den Stift zur Seite, und Leni hatte
nun seine ganze Aufmerksamkeit.

„Hatte er auch Orden im Krankenhaus dabei?" fragte Hauke nun plötzlich sehr interessiert nach...

Nein, erklärte Leni ihm, er hatte nur sein altes Taschenmesser und seine silberne Uhr mit, beides wurde ihm jedoch aus dem Zimmer gestohlen.

Hauke dachte konzentriert nach. Hatte der General einen Orden an seiner Jacke im Krankenhaus gehabt?

Womöglich hatte der Dieb ihn durch Zufall entdeckt und ebenfalls gestohlen. Vielleicht hatte das die Täter auf die Idee gebracht, dass in der Wohnung des Generals noch weitere Orden und Wertgegenstände zu finden sein könnten.

Leni sah ihn erstaunt an, denn darüber hatte sie noch gar nicht nachgedacht.

Sollte sie Sepp von Haukes Überlegungen erzählen? Sie könnte auch die Zeichnungen von Hauke mitnehmen-, vielleicht würden sie Sepp helfen, die gestohlenen Orden zu erkennen? Aufgeregt begann sie auf dem Stuhl hin und her zu rutschen.

Hauke hingegen saß schweigend und in sich gekehrt da.

Man konnte förmlich sehen, wie sein Gehirn arbeitete. Er zog die Stirn in Falten, rümpfte immer wieder die Nase und zwickte die Augen zusammen.

Dann, ganz plötzlich, entspannte er sich.

„Also Leni" sagte er, „ich habe da eine Idee...!"

„Wenn es die Diebe tatsächlich auf den General abgesehen haben, dann stellen wir ihnen eine Falle, und ich weiß auch schon wie, und du hilfst mir dabei!!

Heute Abend besuchen wir zusammen den General!"

Leni stieß einen Freudenschrei aus: „Super, Hauke, das machen wir, ich lauf´ schnell zu Sepp und erzähle ihm davon!"

Und schon sprang sie auf.

„Stopp!" rief Hauke ihr ungehalten hinterher.

Leni blieb wie vom Donner gerührt stehen.

So laut hatte sie Hauke noch nie rufen gehört.

„Wir machen das alleine, nur du und ich, nur so können wir den Dieb erwischen.

Wenn Sepp mit seinen Kollegen im Krankenhaus herumschnüffelt, fällt das sofort auf, und der oder die Diebe werden sich hüten, nochmal zu-zuschlagen.

Es reicht schon, dass es hier bei uns im Haus so viel Trubel durch die Spurensicherung und die Polizisten gibt.

Hier trauen sich die Einbrecher bestimmt nicht noch einmal her. Also ist unsere einzige Chance, die Diebe im Krankenhaus zu überlisten.

Wir fallen dort bestimmt nicht auf. Wir sind einfach nur Freunde vom General. Wenn wir ihn besuchen, wird sich niemand etwas dabei denken."

Leni dachte nach, schließlich machte das alles Sinn. Hauke war einfach soo schlau!

Er neigte den Kopf verschwörerisch zu Leni und erklärte ihr flüsternd seinen Plan...

Lenis Augen wurden immer größer... und da war er wieder, der Schluckauf-, der Schluckauf, der sie stets überkam, wenn sie aufgeregt und nervös war... Sie begann in gleichmäßigen Abständen zu hicksen.

Da hatte sich Hauke ja was ausgedacht...

Nach einem kurzen Blick auf die Uhr machten sich eilig auf dem Weg zum Werkstatt-Bus, sie hatten ja vor lauter Pläne schmieden gar nicht bemerkt, wie schnell die Zeit vergangen war. Aufgeregt, außer Atem und Leni mit unaufhörlichem Schluckauf, kamen sie gerade noch rechtzeitig zur Bushaltestelle.

Heute Abend würden die Diebe zur Strecke bringen.

35.

Der Tag im „Ich + Du-Haus" verlief ruhig.

Die Wohnung des Generals war versiegelt, und alle gingen ihrer Arbeit nach. Die Bachmeier-Buben waren brav in der Schule, und Oma Bachmeier versuchte, ihr Strickzeug zu entwirren, mit dem sie die Sanitäter in Schach hatte halten wollen. Gerda Bachmeier war beim Arzt und erledigte diverse Besorgungen.

Sie traute ihren Augen kaum, als sie nachmittags vom Einkaufen zurückkam - ihre beiden Söhne machten Hausaufgaben - und lernten - freiwillig!! Die zwei saßen einträchtig am Küchentisch und bearbeiteten Mathematik-Aufgaben.
„Was ist denn mit euch los?" fragte sie irritiert, „draußen scheint die Sonne, warum seid ihr nicht am See beim Baden, oder wenigstens im Garten beim Fußball spielen?"
Wie aus der Pistole geschossen antwortete Peter: „Wir schreiben nächste Woche eine Schulaufgabe, und wenn wir nicht lernen, schaffen wir vielleicht die Klasse nicht. Immer hast du uns ermahnt, uns endlich auf unseren Hosenboden zu setzen, jetzt machen wir das, jetzt passt es dir auch wieder nicht…!"

Gerda Bachmeier war völlig verwirrt, was in ihre Söhne gefahren war. Sie wusste gar nicht, ob sie sich freuen, oder doch lieber mal ein Gespräch mit der Lehrerin der beiden suchen sollte.
Vielleicht war ja die Versetzung tatsächlich gefährdet, und sie hatte es nicht mitbekommen. Auf alle Fälle war das Verhalten der beiden sehr ungewöhnlich!!

Aufgrund ihrer Verwunderung fiel ihr gar nicht auf, dass Hans trotz der großen Hitze ein langärmliches T-Shirt trug. Darunter verbarg sich die Verletzung, die er sich beim Sturz in die Scherben zugezogen hatte.

Peter hatte ihm geholfen, die Wunde sicher mit einem Pflaster abzudecken, da sie immer wieder von neuem zu bluten begann. Wahrscheinlich hätte sie doch genäht werden müssen.
Der Schnitt war tiefer, als die beiden in der ersten Aufregung vermutet hatten, und schmerzte außerdem ordentlich.

Sie mussten mittlerweile gut aufpassen, was sie so trieben den ganzen Tag, denn Oma Bachmeier, die bisher wenig sah, aber alles hörte, hatte eine Augen-OP hinter sich und sah mittlerweile auf dem linken Auge wieder hervorragend, so dass sie bemerkte wenn jemand etwas aus dem Schrank stibitzte, sie bemerkte wenn jemand sein Teller nicht in die Spülmaschine räumte, und sie merkte, wenn jemand sich etwas aus der Dose mit dem Geld für die Haushaltskasse abzweigte, um sich im Freibad ein paar Süßigkeiten zu kaufen...

Die OP hatte das Leben der beiden Buben deutlich erschwert, ständig waren sie jetzt unter Beobachtung.
Das hatte zur Folge, dass Oma Bachmaier es sicherlich sofort sehen würde, falls Hans verletzt war, und womöglich Fragen stellen würde.
Bis jetzt hatte der Trick mit dem langärmlichen T-Shirt und dem Pflaster super funktioniert. Niemand hatte Verdacht geschöpft, aber es war erhöhte Vorsicht geboten.
In der Nacht hatten die beiden kaum ein Auge zugemacht, denn sie hatten mitbekommen, wie gestern die Polizei und später die Spurensicherung in der Wohnung des Generals waren.
Schuld, dass ihr Einbruch doch noch entdeckt wurde, war ihre eigene Mutter...

Sie musste unbedingt mit Britta die Wohnung des Generals putzen, während dieser im Krankenhaus lag, dabei hatte sie das Malheur bemerkt und die falschen Schlüsse daraus gezogen. Sie hatte einen Einbruch vermutet, und Sepp zur Hilfe geholt. Der Rest war dann unvermeidlich gewesen.
Wenn das Missgeschick mit dem dämlichen Gewehr erst aufgefallen wäre, wenn der General aus der Reha zurückkäme, dann wäre wenigstens die Verletzung von Hans verheilt gewesen, und niemand hätte sie mit dieser

Geschichte in Verbindung bringen können. Wenn die Mutter oder die Oma jetzt aber die Wunde bemerkten, würden sie sicherlich eins und eins zusammenzählen, und was dann geschah wollten sich die Bachmeier-Buben gar nicht erst ausmalen.

Wahrscheinlich würden sie lebenslangen Stubenarrest erhalten....

Sie hatten beschlossen, sich in nächster Zeit wie Musterknaben zu verhalten, um jeglichen Verdacht auszuschließen. Wenn ein bisschen Gras über die Sache gewachsen war, dann würden sie die Uniform-Jacken aus Haukes Keller verschwinden lassen und damit alle Beweise vernichten. Sie mussten nur eine Weile durchhalten und sich unauffällig verhalten.

Wenn die Polizei auf der Suche nach Einbrechern war, würde niemand auf die Idee kommen, sie zu verdächtigen. Sie mussten nur ein Weilchen durchhalten.

36.

Der Arbeitstag im Krankenhaus verlief bis kurz vor Feierabend ebenfalls ohne größere Zwischenfälle.

Der kleine Bus, der Leni und ihre Kollegen zum Krankenhaus brachte, war heute wieder voll besetzt, Elena, Susanna, Niklas, Margarete und Daniel plapperten alle durcheinander. Ein munteres Stimmengewirr umfing Leni, doch sie konnte heute diesen Gesprächen nichts abgewinnen. Sie musste ständig über Haukes Plan nachdenken und sich die Einzelheiten einprägen, damit sie abends bestimmt keinen Fehler machte.

Als sie mit Niklas in ihrer Station ankam, traf sie auf Schwester Barbara. Sofort frage sie: „Wurde heute wieder etwas gestohlen?"

Die Schwester verneinte, denn seit gestern war es auf beiden Stationen ruhig geblieben und es war nichts weiter vorgefallen.

Leni wusste nicht, ob sie erleichtert oder enttäuscht sein sollte. Womöglich hatte die Diebstahlserie ein Ende gefunden, nachdem Sepp gestern hier im

Krankenhaus aufgetaucht war, vielleicht war es aber auch den Dieben zu heiß geworden.
Wäre Ihr ganzer Plan plötzlich umsonst? Unruhig machte sich Leni mit Manda an die Arbeit.

Sie wollte nur schnell den Tag überstehen, um dann auf der Heimfahrt im Bus mit Hauke zu sprechen und gemeinsam zu überlegen, wie sie weiter vorgehen sollten. Hauke wusste bestimmt eine Lösung.

Im Schwesternzimmer überreichte ihr Schwester Sabine die Pralinen von Herrn Bacher. „Mit schönen Grüßen für Dich, weil du mit Deiner genauen Beschreibung so fleißig geholfen hast, dass die Polizei vielleicht seine Dose wieder findet. Er lässt dich ganz herzlich grüßen!". Leni, die sonst immer gerne Süßigkeiten naschte, hatte heute vor lauter Aufregung keinen Appetit. Sie bedankte sich höflich und steckte die Pralinen in ihre Jackentasche.

Der restliche Tag verlief völlig ereignislos und ohne besondere Vorkommnisse. Die Zeit verging wie im Flug. Am Feierabend stürmte Leni in den Umkleideraum und konnte es kaum erwarten, im Werkstattbus Hauke zu treffen, damit sie sich für ihren großen Plan heute Abend vorbereiten konnten...

Sie war schon fast umgezogen, als Niklas in die Damenumkleide stürmte. „Leni, komm schnell, gerade wurde Hauke eingeliefert, er ist bei Susanna in der Orthopädie gelandet. Er ist gestürzt und hat sich das Bein gebrochen!"
Susanna stand ebenfalls draußen vor der Garderobe und hatte- mit missmutigem Gesichtsausdruck die Neuigkeit verbreitet.
Im selben Moment stürmte Frau Bauer, die Ehefrau vom Patienten aus Zimmer 203, an ihnen vorbei ins Schwesternzimmer.
Sie war völlig außer sich. Sie schimpfte und redete ohne Punkt und Komma auf Schwester Barbara ein. „Ich sage ihnen, Zustände sind das, das ist doch kein Krankenhaus, das ist ein Saustall!! 200,- Euro! 200,- Euro!!" wiederholte sie ungehalten, „wurden meinem Mann aus dem Nachtkästchen gestohlen!! Vor einer Stunde, als wir in die Cafeteria gingen, waren sie noch da. Und ich sag noch, lass dein Geld doch da, ich habe ja welches im Portmonee... Und

jetzt, jetzt kommen wir zurück und Geld inklusive Portmonee sind verschwunden!! Passt denn hier überhaupt niemand auf??

Die Gerüchte scheinen also doch wahr zu sein, dass hier ständig Dinge weg kommen…

Ich wünsche sofort einen zuständigen Vorgesetzten zu sprechen, ich möchte Anzeige erstatten, und ich…!"

Leni konnte dem Wortschwall nicht mehr folgen, und in ihrem Kopf drehte sich alles. Hauke verletzt, wieder ein Diebstahl, ihr Plan….Alles geriet durcheinander.

Sie bekam Schluckauf. Laut und unaufhörlich hickste sie vor sich hin.

Was sollte sie nur tun, sie musste mit Hauke sprechen, sofort!

Doch Susanna sagte ohne jegliche Gefühlsregung: „Das kannst du dir sparen, der wird gerade in den OP geschoben, vor morgen kannst du ihn nicht besuchen!"

Leni blieb nichts anderes übrig, als mit ihren Kollegen gemeinsam in den Bus zu steigen und die Heimfahrt anzutreten. Im Bus erfuhr sie dann, wie sich der Unfall zugetragen hatte.

Hauke war von der Sekretärin des Büros in die Aktenvernichtung geschickt worden, um alte Unterlagen zum Schreddern dort abzugeben.

Er hatte einen großen Karton voller Papiere auf dem Arm, als er die kleine Treppe zum Arbeitsraum hinaufging.

In diesem Moment bemerkte er sie, eine Spinne!!

Sie war aus der Kiste auf seinen Arm gekrabbelt, als hätte sie gespürt, dass dies ihre letzte Chance war, dem Schredder zu entgehen.

Hauke warf vor Schreck den Karton von sich, schüttelte wie verrückt seinen Arm, um die Spinne los zu werden, und wollte gleichzeitig schnellstmöglich die Jacke ausziehen, damit sich die Spinne nicht darin verstecken konnte.

Er verlor den Halt und stürzte rückwärts die drei Stufen nach unten.

Er verhedderte sich mit dem Bein im Geländer, welches dabei mit einem lauten Knacks brach.

Als er auf dem Boden ankam, stand sein Fuß in einem unnatürlichen Winkel ab, und Hauke verlor bei dem Anblick das Bewusstsein.
Schnell eilten Betreuer und Kollegen zu Hilfe, alarmierten den Rettungsdienst und betteten Hauke auf ein Kissen. Dann deckten sie sein Bein ab, damit er nicht sehen musste, dass sich mittlerweile ein dunkler Blutfleck auf seiner Arbeitshose abzeichnete und das Sprunggelenk gewaltig anschwoll.

Als Hauke wieder zu sich kam, redeten alle beruhigend auf ihn ein.
Hauke jedoch hatte, vermutlich durch den Schock, keine Schmerzen mehr und im Moment völlig andere Sorgen als seinen gebrochenen Fuß...
Er lag auf dem Fußboden, dem schmutzigen Fußboden, im Flur der staubigen Aktenvernichtung – für ihn unvorstellbar eklig.
Er wollte nur hier weg, seine Kleidung ausschütteln und sich die Hände waschen. Er versuchte aufzustehen, doch die Kollegen hielten ihn fest und drückten ihn sanft zurück aufs Kissen.
Als wäre das nicht alles schon schlimm genug, krabbelte in diesem Moment die Spinne auf der Decke in Richtung seines Gesichts.
Mit einem angewiderten Seufzer wendete er das Gesicht ab, presste die Lippen aufeinander, kniff die Augen zu und fiel dann wieder in eine tiefe Bewusstlosigkeit.

Er erwachte erst im Krankenwagen wieder, wo man ihm bereits ein Schmerzmittel und ein Beruhigungsmittel verabreicht hatte.
Wie auf einer Wattewolke ging die Fahrt ins Krankenhaus, wo er dann nach einigen Untersuchungen in den OP gebracht wurde, um sein Bein wieder gerade zu richten und mit Platten und Schrauben zu fixieren.

37.

Leni kam ungefähr zur gleichen Zeit völlig aufgewühlt zuhause an und setzte sich traurig und verunsichert an den Küchentisch.
Ohne Hauke war die Wohnung schrecklich leer.
Im „Ich + Du-Haus" schien auch niemand zuhause zu sein.

Es war völlig still, kein Kinderlachen, kein Geschimpfe von Mama Bachmeier, kein Gemurmel von Hauke, sogar die lautstarken Kriegsmanöver des Generals fehlten ihr in diesem Moment.

Ach der General, was würde nur aus ihm werden und all den anderen Bestohlenen im Krankenhaus….

Haukes Plan war doch so ausgereift und schlau gewesen. Wie sollte sie das nur alleine schaffen?

Sepp war auch nicht im Haus, ob er wohl ins Krankenhaus gefahren war um nach Hauke zu sehen? - Nein, Hauke wurde ja gerade operiert.

Sie überlegte hin und her, knabberte an einem trockenen Stück Brot und schlussfolgerte: Wenn alle außer Haus sind, dann würde es niemand bemerken, wenn sie sich nochmals auf den Weg machte. Vielleicht schaffte sie ja alleine, was sie sich gemeinsam vorgenommen hatten.

Sie musste es also heute Abend alleine versuchen, Hauke würde länger nicht laufen können, und die Chance wäre ansonsten vertan.

Sie wusste, dass der Linien-Bus in die Stadt zum Bahnhof fuhr, von wo aus es nur ein kurzer Weg ins Krankenhaus war. Sie war schon oft mit Britta mit dem Bus zum Einkaufen gefahren, so dass sie sich zutraute, den Weg alleine zu finden.

Sie musste nur noch eine „Beute" beschaffen, mit der sie den Dieb- oder die Diebe anlocken konnte.

Wenn keiner im Haus war, sollte es doch ein Leichtes sein, zum General in die Wohnung zu huschen, um sich schnell einen der übriggebliebenen Orden als Anreiz für den Dieb auszuleihen.

Gesagt getan, schnell schlich Leni die Treppe hinauf zur Wohnung des Generals.

Doch was war denn das, der Schlüssel steckte nicht im Schloss.

Hatte Sepp den Schlüssel mitgenommen, oder Mama Bachmeier?

Wie sollte sie nun an einen Orden kommen und womit wollte sie den Dieb stattdessen anlocken???

Jetzt war guter Rat teuer!

Es gab anscheinend keine Möglichkeit, in die Wohnung zu gelangen, Ersatz musste her.

Was könnte ihr als vermeintliche Beute dienen?

Leni besaß keine wertvollen Dinge, die einem Dieb gefallen und sich als Diebesgut lohnen würden.

Da fiel ihr die goldene Brosche ihrer Mutter ein... Sollte sie wirklich?

Ja, dachte sie nach kurzem Überlegen, es musste sein.

Die Brosche funkelte wunderschön und würde bestimmt eine Verlockung für jeden Einbrecher sein.

Sie lief in ihr Zimmer, packte das Döschen in ihre Jackentasche und eilte zur Bushaltestelle.

Das war knapp, der Bus bog gerade um die Ecke. Schnell stieg sie ein und setzte sich ganz nach hinten, immer in der Hoffnung, dass niemand Fragen stellen oder sich wundern würde, wohin sie um diese Uhrzeit noch ohne Begleitung fuhr.

38.

Dann überstürzten sich die Ereignisse....

Hauke hatte die Operation gut überstanden und schlief, dank Schmerzmittel und einer Schlaftablette, tief und fest in seinem Zimmer im Krankenhaus.

Leni war problemlos mit dem Bus in der Stadt angekommen und durch den Seiteneingang, aus dem Garten mit den schönen Rosenbeeten, ins Krankenhaus geschlichen. Sie machte sich auf den Weg in die Orthopädie. Im Zimmer vom General angekommen, öffnete sie leise die Tür und stellte fest, dass der General nicht anwesend war. Vielleicht war er auf der Toilette. Wenn sie schnell war, konnte sie sich im Schrank verstecken, bevor er zurück ins Zimmer kam.

Was Leni nicht wusste -, der General war heute bereits in die Reha-Klinik verlegt worden, da er wieder den ganzen Nachmittag laut und heftig geschrien, gezetert und getobt hatte.

Durch die ganze Aufregung wegen der Diebstähle, des Notfalls von Hauke und drei weiterer Unfallpatienten hatten die Schwestern nicht ausreichend Zeit, sich um ihn zu kümmern, geschweige denn ihn beruhigen zu können. Da die Beschwerden auf der Station über den schreienden General immer mehr wurden, hatten sie kurzfristig mit der Reha-Klinik eine vorzeitige Verlegung vereinbart.

Der General war kurz vor dem Abendessen abgeholt worden, nicht ohne dabei auf dem Weg zum Krankenwagen das ganze Krankenhaus zu verfluchen und alle Ärzte und Schwestern als unfähige Dilettanten zu beschimpfen.
Die Erleichterung aller Beteiligten war groß, als der Wagen endlich vom Hof fuhr und die- vom Arzt noch verabreichte Beruhigungsspritze offensichtlich zu wirken begann.

Sie hatten mit Sepp vereinbart, dass Britta am nächsten Tag, wenn sie Hauke besuchen würde, die Sachen des Generals mitnehmen und ihm in die Rehaklinik hinterherbringen würde, weil einfach keine Zeit fürs Zusammenpacken geblieben war.
Bis dahin würde das Zimmer versperrt werden, damit nicht noch etwas entwendet würde. Die Schwestern wollten die persönlichen Dinge des Generals einfach so im Zimmer belassen und die Türe verschließen.

Von all dem nichts ahnend, schlüpfte Leni, nachdem sie ihre Brosche ganz gut sichtbar auf dem Nachtkästchen platziert hatte, aufgeregt und erwartungsvoll in ihr Schrankversteck und zog die Türe hinter sich zu.
Es war gar nicht so eng, wie sie befürchtet hatte, und bei ihrer geringen Größe von ca. 1,50 m konnte sie sogar die Beine ein wenig ausstrecken.
Jetzt musst sie nur leise sein und warten…

Kurze Zeit später hörte sie, wie die Zimmertür geöffnet wurde. Jemand ging direkt auf den Schrank zu. Leni hielt vor Aufregung den Atem an. Sie hoffte inständig, dass sie nicht genau in diesem Moment ihren berüchtigten Schluckauf bekäme. Dann wäre alles verloren...
Die Schritte kamen näher und näher. Leni hielt die Luft an.

Und dann drehte sich der Schlüssel im Schloss, jemand hatte den Schrank abgeschlossen.

Leni schlug die Hände vor den Mund, um nicht aufzuschreien
Die Schritte entfernten sich wieder, die Zimmertür wurde geöffnet und geschlossen, und auch diese Türe wurde nun anscheinend zugesperrt.
Leni hörte, wie sich der Schlüssel im Schloss drehte, und
das Klirren eines großen Schlüsselbunds ließ sie vermuten, dass eine Schwester die Türe abgesperrt hatte... von außen zugesperrt!!

Jetzt saß sie in der Falle...

Nach dem ersten Schreck versuchte sie, die Schranktür von innen zu öffnen. Sie drückte, sie rüttelte und sie stemmte sich mit den Füßen dagegen, aber es ging nicht. Die Tür bewegte sich keinen Millimeter. Die neuen, bei der letzten Renovierung verbauten Einbauschränke waren massiv und hatten stabile Schlösser.
Verzweifelt überlegte Leni, was sie nun tun sollte.

In diesem Moment unterbrach ein ohrenbetäubender Knall ihre Überlegungen.
Ein Gewitter hat sich zusammengebraut und entlud sich nun nach diesem heißen Tag mit voller Wucht.
Ein Donner folgte auf den anderen, und der Regen prasselte plötzlich so laut an das Fenster des Krankenhauszimmers, dass Leni nichts anderes mehr hören konnte.
Sie wusste nicht, ob noch jemand im Zimmer war, oder sollte sie um Hilfe rufen?

Sie hatte schon als Kind solch´ große Angst vor Gewittern, dass sie nie in der Lage gewesen war, dann eine vernünftige Entscheidung zu fällen:
Zu Mama ins Bett krabbeln? Unter die Decke kriechen und sich die Ohren zuhalten? Um Hilfe rufen? So schaffte sie es nie, irgendetwas von alledem zu tun.
Sie saß stets wie versteinert im Bett, bekam Schluckauf, während ihr die Tränen über die Wangen liefen, sie zitterte wie Espenlaub und war nicht in der Lage, auch nur einen Ton von sich zu geben.
Erst wenn ihre Mutter ins Zimmer kam, sie mit den Armen umfing und sanft wiegte, kam sie wieder zu sich. Sie schlang dann die Arme um ihre Mama und weinte bitterlich. Die trug sie ins elterliche Bett, wo sie sicher und geborgen wieder einschlief.
Es hatte sich nichts verändert, selbst jetzt, als erwachsene Frau in ihrer eigenen Wohnung, musste Hauke kommen und sie trösten.
Er schaffte es jedoch aufgrund seiner Behinderung nicht, sich zu überwinden und sie in den Arm zu nehmen. Aber er streichelte ihre Hand und redete unaufhörlich mit ihr. Er blieb bei ihr und legte sich erst wieder schlafen, wenn das Gewitter weitergezogen war.

Wo war Hauke nur jetzt? Sie wünschte sich soo sehr, er würde bei ihr sein. Sie hatten diesen Plan doch gemeinsam ausgeheckt.
Wenn er sich nicht sein dummes Bein gebrochen hätte, würden sie jetzt gemeinsam in diesem dunklen Gefängnis hocken – wie damals, als sie mit Johanna in der Scheune eingesperrt waren, - mit einem Sack über dem Kopf.
Warum brachte sie sich immer nur in derart missliche Lagen!

Hauke hingegen lag ein paar Stationen weiter frisch operiert in einem weißen Krankenhausbett und schlief sicherlich tief und fest.

Zitternd kauerte sie sich zusammen und erschrak bei jedem Donnergrollen erneut.
Gut, dass sie in ihrem Schrank-Gefängnis die zuckenden Blitze nicht sehen konnte.
Der Wind heulte um das Haus, und zu allem Unheil kam nun auch ein

kräftiger Hagelschauer dazu. Das Prasseln des Hagels, das Heulen des Winds, der unaufhörliche Donner und das laute Schluchzen von Leni vereinigten sich zu einer undurchdringlichen Geräuschkulisse.

Niemand hätte bei diesem Lärm von Lenis Rufen Notiz genommen. Das Unwetter entlud sich mit aller Macht. Sturzbäche von Regen und Hagel überfluteten binnen kürzester Zeit Felder und Wiesen und ließ Keller volllaufen.
Immer wieder fiel der Strom aus. Im Krankenhaus herrschte hektische Betriebsamkeit.

Auch im „Ich + Du-Haus" strömten Unmengen von Regenwasser durch die, teilweise geöffneten Fenster in die Kellerräume.
Der Teppichboden im Gemeinschaftsraum war schon vollständig vollgesogen.
Das Wasser bahnte sich mittlerweile seinen Weg in die einzelnen Kellerräume.
Mama Bachmeier und Mike waren in den Keller gestürmt und versuchten zu retten, was zu retten war. Sie schlossen die offenen Kellerfenster und versuchten, mit Handtüchern- das trotzdem weiterhin eindringende Wasser zu bremsen.
Sie hatten keine Chance, egal wie schnell sie die Handtücher auswrangen, das Wasser lief an der Wand hinunter, und stetig stieg der Wasserspiegel am Kellerboden. Mama Bachmeier rief immer nur „Oh Gott, oh Gott!"
Auch die Eimer, mit denen sie versucht hatten, das Wasser aufzufangen, liefen über.
Es blieb nur eine Möglichkeit, sie nach draußen zu schleppen, aber das würden sie nicht lange durchhalten.
Die Eimer waren schwer, und sie beide waren schon völlig durchnässt.

Mittlerweile kam das Wasser auch aus dem Gully im Wäscheraum, und innerhalb kürzester Zeit stand das Wasser im Keller 30 cm hoch und stieg unaufhörlich weiter.
Britta und Gabi waren in der Zwischenzeit ebenfalls im Keller angekommen, um zu helfen.

Oma Bachmeier übernahm währenddessen die Aufsicht über die kleinen Kinder, die durch das laute Krachen des Donners alle aus dem Schlaf geschreckt waren und verängstigt weinten.
Mit Süßigkeiten und Gesang versuchte sie die Kinder zu beruhigen.

In all´ der Aufregung fiel niemandem auf, dass Leni nicht zum Helfen kam.

Jeder war damit beschäftigt, so viel Wasser wie nur irgend möglich aus dem Keller zu schöpfen und die Eimer im Garten vorm Haus zu entleeren

Im gesamten Landkreis herrschte Land unter. Überall wurde geschöpft und gepumpt und sogar „Schnee", also Hagelkörner geschaufelt. Es wurden abgebrochene Äste von Straßen und Schienen entfernt und umgestürzte Bäume gefällt, gestützt oder beseitigt, immer noch donnerte es unaufhörlich, und der Wind pfiff in heftigen Böen.
Viele Autos waren in Unterführungen stecken geblieben, oder durch Hagel so stark beschädigt, dass sie nicht weiterfahren konnten. Es war das reinste Inferno.

Auch im Krankenhaus hatten sie alle Hände voll zu tun.
Jedes verfügbare Personal kam zum Helfen. Die Schwestern versuchten, verängstigte Patienten zu beruhigen, Techniker hatten das Notstromaggregat aktiviert und versuchten, wieder einen reibungslosen Ablauf zu gewährleisten, da mittlerweile sämtliche Lichter ausgegangen waren. In der Nähe hatte ein Blitz eingeschlagen.
Die Feuerwehr installierte Pumpen, um das eindringende Wasser aus den Kellerräumen der Klinik zu befördern.

Leni hatte vor lauter Angst doch angefangen zu schreien, aber bei diesem ganzen Tohuwabohu hörte sie niemand. Als sie kaum noch einen Ton herausbrachte, gab sie auf, denn sie hatte einfach keine Kraft mehr.

Jetzt saß sie still und zusammengekauert in ihrem Schrank, zitterte, hatte Schluckauf und schluchzte in sich hinein.

Wie lange würde es wohl dauern, bis irgendjemand hier sie bemerkte? Wenn doch nur der General zurückkäme in sein Zimmer. Er würde sie bestimmt hören und befreien, aber es kam und kam niemand.
Wo war der General nur?
Er war doch hoffentlich nicht vor lauter Aufregung gestorben? Bei dem Gedanken schluchzte Leni noch ein wenig mehr.

Nach einigen Stunden hatte sie nicht einmal mehr die Kraft zu zittern, und sie lehnte sich zurück und schloss die Augen.
Dabei bemerkte sie hinter sich den Bademantel des Generals, der - neben all den Hemden und Jacken im Schrank hing. Er erschien ihr plötzlich so vertraut und tröstend. Wie oft hatte er damit im Hausflur getobt und geschrien, wenn er sich von irgendjemand gestört fühlte.

Jetzt war der Bademantel Lenis einziger Trost, und sie zog ihn vom Kleiderbügel und wickelte sich damit ein. Der Geruch von Mottenkugeln und altem Mann umhüllten sie, und schließlich schlief Leni vor lauter Erschöpfung ein.

Im „Ich + Du-Haus" waren mittlerweile alle damit beschäftigt, das Wasser aus dem Gemeinschaftsraum zu schöpfen.
Sie bildeten eine Eimerschlange - also Hans und Peter, Britta und Mike, Gabi und Gerda Bachmeier - und reichten sich unermüdlich die Eimer weiter.
Die Feuerwehr hatten sie angerufen, als nach dem zwischenzeitlichen Stromausfall das Telefon wieder funktionierte. Diese hatte ihnen mitgeteilt, dass sie so schnell niemand schicken könne, weil in der ganzen Stadt Hilfe benötigt würde.
So halfen sie nun selber alle zusammen und versuchten, mit vereinten Kräften das Wasser aus dem Haus zu bringen.
Durch das Schleppen der Eimer, die Nässe und die Anstrengung begann die Wunde an Hans Arm erneut heftig zu bluten.

Erst fiel es niemand auf, auch ihm selber nicht, dass das T-Shirt mit Blut durchnässt war, aber plötzlich schrie die Mutter auf.

Sie ließ den Eimer fallen und schob den Ärmel des durchnässten T-Shirts nach oben. „Hans" rief sie erschrocken, „du hast dich verletzt! Lass mich sehen, was passiert ist."

Sie dachte zunächst, er hätte sich beim Wasserschöpfen mit irgendetwas geschnitten.

Erst auf den zweiten Blick bemerkte sie das bereits vorhandene Pflaster auf der Wunde und schloss daraus, dass diese schon vorher da gewesen sein musste.

In dem ganzen Wirrwarr blieb keine Zeit, den Dingen näher auf dem Grund zu gehen. Sie wickelte Hans einen frischen Verband aus dem „Erste Hilfe-Kasten" um den Arm, drohte ihm mit dem Zeigefinger und sagte: „Wir sprechen uns später…!"

Hans und Peter bemühen sich nun, besonders eifrig zu helfen, um so viel Wasser wie möglich aus dem Keller zu bringen, doch das Unheil nahm seinen Lauf.

Nachdem das meiste Wasser aus dem Gemeinschaftsraum geschöpft worden war und die Bewohner eilig befüllte Sandsäcke als Wassersperre vor die Türe gelegt hatten, begannen sie damit, die im hinteren Bereich liegenden Kellerräume der einzelnen Wohnungen auf Schäden und eingedrungenes Wasser zu kontrollieren.

Der Keller von Haukes und Lenis Wohnung lag direkt neben dem Wäscheraum.

Auch hier stand das Wasser, und die Schuhe von Hauke, die in einem Schuhregal gestanden hatten, trieben im ganzen Kellerraum herum. Die Schranktüre war durch den Wasserdruck aufgegangen.

Es half nichts, alles, was im Keller und noch zu retten war, musste raus. Man wusste ja nicht, wie hoch das Wasser noch steigen würde, denn es drückte immer noch mit gurgelnden Geräuschen aus dem Gully.

Mama Bachmeier öffnete die Schranktüren, in denen Hauke seine Winterkleidung verwahrte. Diese hing in akkuraten Abständen auf Bügeln, nach Farben sortiert, und war, Gott sei Dank, noch trocken, doch unten sammelte sich bereits das Wasser und zog sich im Holz langsam nach oben. Die Kleidung musste raus, bevor der Schrank völlig durchweicht war. Unten im Schrank lagen zusammengeknüllt und bereits völlig durchnässt zwei Jacken. Erstaunt nahm Gerda diese aus dem Schrank.

Es war nicht Haukes Art, Kleidung auf den Boden zu werfen oder nicht ordentlich gefaltet zu verwahren. Das kam für ihn gar nicht in Frage...
Die zwei Jacken waren mittlerweile triefend nass und schwer. Als Mama Bachmeier sie mühsam aufhob und an Mike weiterreichte, der sie auseinanderfaltete, erkannten beide, dass es sich um zwei Uniformjacken, bestückt mit Orden und Abzeichen, handelte.
Als alle anderen dazukamen, um beim Ausräumen zu helfen, war- nach kurzer Begutachtung schnell klar, dass diese Jacken dem General gehörten und vermutlich bei dem Einbruch in seiner Wohnung mitgenommen worden waren. Erstaunte Blicke und fragende Gesichter -, alle begannen wild durcheinander zu spekulieren, und nur Hans und Peter rückten immer näher zusammen und versuchten, gemeinsam aus dem Raum zu schleichen.

Die Verunsicherung war groß. Würden Leni und Hauke etwas Derartiges tun? Würden Sie beim General einbrechen und sich seiner Dinge bemächtigen? Das konnte und wollte niemand glauben.
Man musste die beiden unbedingt befragen!
Erst jetzt wurde allen Hausbewohnern klar, dass Leni fehlte.

Wo war Leni? Wieso war sie nicht beim Helfen?
Sie musste doch das Unwetter und den Aufruhr im Haus mitbekommen haben?!
Britta eilte nach oben, klopfte an der Wohnungstür und trat ein. Es war offensichtlich niemand zu Hause. Hauke war im Krankenhaus und von Leni keine Spur. Wie seltsam!
Ihre Jacke und ihre Sandalen waren nicht an der Garderobe?
Sie würde bestimmt bei diesem Wetter nicht das Haus verlassen, wo sie doch so große Angst vor Gewitter hatte. Zudem hatte sie Angst vor der Dunkelheit...

Es war mitten in der Nacht, es regnete in Strömen, der Wind heulte, und es blitzte immer noch. Es war leises Donnern in der Ferne zu vernehmen. Nein! Leni würde das Haus in dieser Situation niemals verlassen, weder alleine noch in Begleitung!

Britta bekam es mit der Angst.

War Leni heute überhaupt nach Hause gekommen nach der Arbeit?

Hatte sie jemand der Mitbewohner gesehen?

Hatte sie eine Verabredung? War sie bei Margarete?

Oder war sie weggelaufen, weil sie sich ohne Hauke fürchtete?

Bei Leni wusste man nie!!

Die Wohnung wirkte völlig unberührt, und es sah nicht so aus, als hätte Leni hier zu Abend gegessen, geduscht oder sich umgezogen.

Das Wohnzimmerfenster war gekippt, und es hatte hereingeregnet.

Leni hätte niemals das Fenster bei so einem Unwetter offengelassen.

Wo war sie also? Britta rief erneut nach ihr und suchte nochmals in allen Räumen, doch von Leni keine Spur.

Sie lief hinunter zu den anderen und fragte, ob irgendjemand wisse, wo Leni sein könnte, doch alle verneinten. Besorgte Blicke machten jetzt die Runde.

Hauke, der im Krankenhaus lag, hatte kein Handy, so dass sie bei ihm nicht nachfragen konnten.

Hatte sich Leni irgendwo versteckt, weil sie so große Angst vor dem Gewitter spürte? Aber warum war sie dann nicht nach unten gekommen?

Warum hatte sie nicht mit Britta gesprochen oder sie gesucht? Das war alles mehr als merkwürdig...

Und dann diese zwei Jacken des Generals in Haukes Schrank!!

Britta machte sich große Sorgen.

Erst der Einbruch beim General, das viele Blut...

Jetzt war Leni verschwunden! Ob es einen Zusammenhang gab?

Waren die Einbrecher zurückgekehrt und, hatten womöglich Leni mitgenommen? Entführt?!

Sie musste unbedingt sofort Sepp erreichen. Hier stimmte etwas ganz und gar nicht!

Sepp war in der Polizeistation in Sonnwang und versuchte, von dort aus ein bisschen mitzuhelfen, das Chaos, das dieses heftige Unwetter ausgelöst hatte, zu entwirren. Er leitete Notrufe weiter, organisierte Feuerwehreinsätze und versuchte, mit Martl und Fritz gemeinsam den Überblick zu bewahren.

Als der Anruf von Britta kam, war er sofort alarmiert, denn auch er hatte, nachdem Britta ihn über die aktuelle Sachlage aufgeklärt hatte, das Gefühl, dass hier etwas nicht stimmte
Als Britta ihm dann ebenfalls noch erzählte, dass sie in Lenis und Haukes Keller die zwei Uniformjacken des Generals gefunden hatten, war auch er aufs höchste besorgt.

Er rief Martl zu, dass sie dringend ins „Ich + Du-Haus" fahren müssten, um dort nach Leni oder Spuren von ihr zu suchen.

Dort waren mittlerweile alle in heller Aufregung.
Leni war verschwunden, wie konnte das nur sein!
Jeder Hausbewohner machte sich Vorwürfe, dass er nicht früher bemerkt hatte, dass Leni nicht da war, denn vielleicht hätte man noch etwas unternehmen können, sie suchen…

Britta begann, haltlos zu weinen, und der Arm von Hans fing erneut heftig zu bluten an.

Mama Bachmeier, in ihrer gewohnt pragmatischen Art, übernahm das Kommando und ordnete an, Wasser Wasser sein zu lassen, und sie würden sich alle gleich in der Küche der Bachmeiers treffen.
Bei Tee und Keksen konnten sie sich aufwärmen und erholen und auf Sepp warten.
Dann könnten sie gemeinsam entscheiden, wie es weitergehen sollte. Dort oben konnte Mama sich auch in aller Ruhe die Wunde von Hans ansehen, diese gründlich reinigen und einen neuen Verband anlegen.

Kurz darauf stürmte Sepp in die Wohnung. „Gibt es etwas Neues, habt ihr etwas gehört von Leni?" rief er atemlos.
Mama Bachmeier verneinte kopfschüttelnd und wendete sich wieder der Wunde von Hans zu. In diesem Augenblick bemerkte auch Sepp die Verletzung an Hans´ Arm. Mit seinem geschulten Blick stellte er sehr schnell fest, dass dies eine tiefe Schnittverletzung war.

Mit seinem kriminalistischen Verstand zog er sofort seine Schlüsse und erkannte die Zusammenhänge.

Ein kurzer fragender Blick von ihm genügte, und Hans brach in Tränen aus. Sepp forderte die Buben auf, sofort zu erzählen, was geschehen war.
Jetzt begann auch Peter zu weinen…

Kleinlaut berichteten sie, dass sie in der Wohnung des Generals gewesen waren, weil sie einfach gerne einmal die ganzen Militärsachen anschauen wollten. Dabei hatten sie auch die Uniformjacken anprobiert und sich gegenseitig die Orden angesteckt. Sie berichteten davon, wie sie auf den Hocker geklettert waren, um die Tasche mit dem Gewehr vom Schrank zu holen, dass dann der Hocker zusammengebrochen sei, dass sie rückwärts herabgestürzt waren und sich ein Schuss gelöst hatte, dass Hans in die Scherben des Kastens gefallen war und sich dabei verletzt hatte.
Niemand war im Haus gewesen, weshalb sie schnell weggelaufen waren und die Türe wieder sorgfältig verschlossen hatten.
Damit niemand etwas bemerkte, hatten sie die Uniformjacken im Keller von Hauke und Leni versteckt und waren dann ganz schnell Richtung Schule geradelt.
Alles hätte so gut gehen können, wenn die Mama nicht mit ihrem Putzwahn in der Wohnung des Generals hätte Ordnung machen wollen…

Sepp sah die beiden sehr streng an.

Nach diesem Geständnis blickten erst einmal alle sprachlos in die Runde. Plötzlich brach ein wildes Gemurmel los, bis irgendjemand rief: „Und wo ist Leni jetzt?"

Auf diese Frage jedoch hatte niemand eine Antwort, auch nicht die Buben.

Es blieb keine Zeit für Standpauken und Strafreden, es half nichts.
Leni war immer noch verschwunden, und sie mussten sie finden.
Wie hing das nur alles zusammen? Hatte sie zufällig die Uniformen im Keller
entdeckt und war aus Angst vor Strafe weggelaufen? Hatte sie gedacht, es
seien wieder Einbrecher im Haus, und sie hatte Angst bekommen?
Alle waren ratlos und in großer Sorge! Da sie aber nichts unternehmen
konnten, beschlossen sie, sich etwas auszuruhen und sich um 06.00 Uhr
wieder zu treffen.
Sepp hingegen fuhr zurück auf die Polizeiwache, ordnete eine Fahndung
nach Leni an und machte sich in Begleitung von Franz und Martl in seinem
grünen Jeep selber auf die Suche nach ihr.
Gleich morgen früh würde er als erstes zu Hauke fahren, um ihn zu
befragen.

39.

Das Unwetter war mittlerweile weitergezogen.
Draußen war es unnatürlich still.
Hinter dem „Ich + Du-Haus" zeichnete sich bereits der Sonnenaufgang ab,
doch nicht einmal die Vögel begrüßten heute den beginnenden Tag.

Beim Blick aus dem Fenster konnte man jetzt erkennen, was der Hagel alles
angerichtet hatte. Die Obstbäume, der Gemüsegarten, Sepp´s Rosen und
sogar die Gartenliege des Generals, alles war kaputt. Niedergedrückt,
zerschlagen oder durchlöchert.
Das Fußballtor war umgeworfen, und im Netz am Boden hatte sich ein Berg
Hagelkörner gesammelt.
Dieser traurige Anblick des einst so friedlich daliegenden Gartens des
„Ich + Du-Hauses" drückte die Stimmung aus, die sich bei allen heute
Morgen breit machte.

Alle Bewohner trafen sich wieder in der Wohnung von Familie Bachmeier, da der Besprechungsraum nach wie vor unter Wasser stand. Darum würden sie sich später kümmern, jetzt überlegten alle fieberhaft, wie sie Leni finden konnten, die immer noch nicht wieder aufgetaucht war.
Alle Wohnungen im Haus wurden erneut gründlich durchsucht, auch die Wohnung des Generals.

Alle wurden noch einmal befragt, ob Leni etwas erzählt hätte, ob sie etwas vorhatte, doch niemand konnte dazu etwas sagen.

Oma Bachmeier, die sich nach dem Unwetter ein wenig ausgeruht hatte, gesellte sich nun zu den Hausbewohnern. Da sie gestern auf die Kinder aufgepasst hatte und anschließend ins Bett gegangen war, hatte sie gar nicht mitbekommen, dass Leni vermisst wurde.
Nun wurde auch sie befragt, ob sie wisse, wo Leni sei.
Daraufhin erzählte sie, Leni sei gestern Abend mit dem Bus in die Stadt gefahren.
Sie habe gesehen, wie sie an der Bushaltestelle eingestiegen sei, und sich noch gewundert, wohin Leni um diese Zeit noch fahren wolle.
Nun waren alle erst recht sprachlos. Leni war noch nie alleine mit dem Bus in die Stadt gefahren, sondern immer nur in Begleitung von Britta.
Fragende Blicke von einem zum andern - konnte Oma mit ihrem frisch operierten Auge tatsächlich schon wieder so gut sehen, oder hatte sie sich nur getäuscht?

Tiefe Ratlosigkeit machte sich breit, bis Britta schließlich in die Runde fragte: „Könnte es sein, dass Leni zu Hauke gefahren ist? Dass sie im Krankenhaus ist?"
Dies war die einzige Möglichkeit, die sie bisher noch nicht in Betracht gezogen hatten, denn niemand hätte gedacht, dass Leni alleine in die Stadt fahren könnte.
Sepp, der mittlerweile auch wieder im „Ich + Du-Haus" angekommen war, ging in seine Wohnung, um sich umzuziehen und im Anschluss ins Krankenhaus zu fahren. Vielleicht war Leni wirklich bei Hauke, oder er

wusste zumindest, wo sie sie suchen mussten.
Die beiden hatten ja von Zeit zu Zeit ihre Geheimnisse, warum nicht auch dieses Mal.

40.

Am nächsten Morgen im Krankenhaus.

Leni war wach geworden, sie hatte vor Erschöpfung bestimmt einige Stunden geschlafen. Draußen war alles wieder ruhig, und sie konnte den Straßenverkehr vor dem Fenster hören. Es musste also schon morgens sein. Sie konnte auf ihrer rosaroten Armbanduhr im Dunkeln des Schrankes die Uhrzeit nicht erkennen, aber sie hörte Geräusche im Flur, was bedeutete, dass die Schwestern bereits arbeiteten. Sie hörte Stationswagen, die vorbeigeschoben wurden, hörte das Piepen der E-Scooter der Krankenhausboten und das Klingeln eines Telefons.
Das war gut, denn jetzt konnte sie laut um Hilfe rufen, heute würde sie bestimmt irgendjemand hören.
Vielleicht war ja auch der General endlich wieder in seinem Zimmer und ließ sie aus dem Schrank.
Es wurde wirklich Zeit, denn mittlerweile musste sie ganz dringend zur Toilette.
Gerade wollte sie ansetzen, um ganz laut zu schreien, als sie hörte, wie die Zimmertür aufgesperrt wurde.

Das traf sich ja hervorragend. „Lass mich raus, lass mich raus!" wollte sie gerade rufen, als sie eine vertraute Stimme hörte.
Der grummelige, stets etwas genervte Tonfall kam ihr bekannt vor. Er hatte etwas schlecht Gelauntes, Ungehaltenes an sich, und es schien so, als würde diese Person mit sich selber sprechen.

Leni vergaß zu rufen und lauschte interessiert der Stimme.
Es war niemand sonst zu hören.

Sie hörte die Person sagen: „Da wird schon noch etwas zu finden sein, der alte verwirrte Trottel hat ja noch seine ganzen Sachen hier im Zimmer.
Ich muss mich nur umsehen-, wo schon einmal etwas war, ist meistens noch mehr zu holen."

Eine kurze Pause, und es war so, als würde sich die Person im Raum umsehen.
Man hörte, wie Schubläden geöffnet wurden, auch das Nachtkästchen wurde nun verschoben. Leni erkannte dies an dem schleifenden Geräusch der Räder, welches alle Nachkästchen machten, wenn man sie zum Putzen auf die Seite schob.

Leni presste die Hand vor den Mund. Jetzt bitte nur keinen Schluckauf, betete sie insgeheim.
„Vielleicht haben Sie etwas im Nachtkästchen gelassen?" sagte die Stimme, die ihr seltsam vertraut vorkam. Kurz darauf hörte sie einen entzückten Ausruf. „Ach, sieh an, hier, da liegt ja noch ein Orden, wusste ich es doch, wo einmal etwas ist, ist immer noch mehr…

Im Schrank könnte ich auch nachschauen, ob noch etwas zu finden ist!" hörte Leni die Person sagen.
Wieder diese Stimme – sie kannte sie, dessen war sie sich sicher, -
Nur zu wem sie gehörte, wollte ihr einfach nicht einfallen. Auf alle Fälle war es eine Frau…

Die Frau begann leise und zufrieden zu summen und Leni konnte hören, wie sich die Schritte dem Schrank näherten.
Dieses Lied, das die Frau summte, das kannte sie doch, das war die Titelmelodie der Morgensendung des Bayrischen Rundfunks.
Susanna, ihre Kollegin, summte diese Melodie, jeden Tag, wenn sie zum Bus ging. Susanna arbeitete in der orthopädischen Abteilung, das war also ihre Station. Stand Susanna vor dem Schrank?

Gerade als Leni aufschreien wollte, hörte sie wie sich die Zimmertür erneut öffnete. Es kam noch jemand in den Raum.

„Was machst du denn hier? Was hast du in aller Herrgottsfrüh um diese Uhrzeit in diesem Zimmer zu suchen?"

Das war die Stimme von Schwester Barbara. Wie sich später herausstellte, wollte sie noch vor Dienstbeginn die Sachen des Generals einpacken, damit das Zimmer gereinigt und für den nächsten Patienten vorbereitet werden konnte.
„Gar nichts!" hörte sie Susanna nun in einem unschuldigen Tonfall sagen.
„Was machst du dann hier? Das Zimmer war verschlossen, wie kommst du überhaupt hier herein?" fragte Schwester Barbara nun mit Bestimmtheit nach.
„Ich dachte, das Zimmer muss aufgeräumt werden, und da dachte ich mir, da mache ich mich doch mal nützlich!"
Offensichtlich schien Barbara diese Lüge zu glauben, denn sie teilte Susanna mit freundlicherem Ton mit, dass dies nicht ihre Aufgabe sei und dafür extra Reinigungspersonal zuständig sei. Sie könne jetzt an ihre reguläre Arbeit gehen.

Leni, die ihre Hände immer noch fest vors Gesicht gepresst hatte, ergriff ihre Chance und hämmerte nun von innen mit den Fäusten an die Schranktür.
„Lasst mich raus!" rief sie, „Lasst mich raus, schnell, sperrt doch die Tür auf, ich bin hier drinnen!!"

Erst Schweigen, dann hörte Leni, wie jemand auf den Schrank zuging und den Schlüssel im Schloss drehte. Endlich, endlich wurde die Türe aufgerissen. Geblendet von dem hellen Licht, nach der langen Zeit im Dunkeln, schlug Leni wieder die Hände vors Gesicht. Vorsichtig lugte sie zwischen ihren Fingern hindurch.
Schwester Barbara stand, mit vor Schreck geweiteten Augen, vor dem Schrank, „Leni, was um Himmels Willen machst du denn hier?"

„Es ist Susanna, es war Susanna!" rief Leni laut.

Schwester Barbara sah verwirrt von Leni zu Susanna und zurück-, sie verstand nicht, was Leni ihr mitteilen wollte.

Susanna jedoch hatte sofort begriffen, dass Leni sie durchschaut hatte und die richtigen Schlüsse zog.

Sie wollte sich gerade umdrehen und eilig aus dem Zimmer verschwinden, als Leni rief: „Halt sie fest. Barbara, halt sie fest!!" Barbara verstellte sofort, ohne den Zusammenhang genau verstanden zu haben, mit einer blitzschnellen Bewegung Susanna die Tür.

Susanna versuchte, sich an ihr vorbei zu drängen, doch Barbara griff sie am Arm und hielt sie fest. „Hiergeblieben, was ist hier los?? Wollt ihr zwei mir mal erklären, was hier vor sich geht??"

Nun sprudelten die Worte nur so aus Leni heraus.

Sie berichtete Barbara davon, wie traurig der General gewesen war, weil seine Uhr und sein Messer verschwunden waren, auch vom Einbruch beim General zuhause erzählte sie ihr, und wie es schließlich dazu kam, dass sie mit Hauke, ihrem besten Freund, gemeinsam einen Hinterhalt geplant hatte. Aber da dieser mittlerweile selber verletzt im Krankenhaus lag und ihr nicht mehr helfen konnte, hatte sie kurzer Hand beschlossen, den Plan alleine umzusetzen.

Sie wollte und musste den Dieb unbedingt erwischen, schon wegen des Generals und Herrn Bacher und den vielen anderen netten Leuten, die bestohlen worden waren. Da durfte sie keine Zeit verlieren, auch wenn sie dafür auf die Hilfe von Hauke verzichten musste!

Leni konnte gar nicht aufhören zu reden, und Barbara verstand nur Bahnhof. Denn sie konnte sich zunächst keinen Reim auf Lenis Geschichte machen. Der General war doch gar nicht mehr in diesem Zimmer, wie kam Leni dann überhaupt hier herein, und was zum Teufel hatte Susanna mit dem Ganzen zu tun??

Doch Leni redete ununterbrochen weiter. Haukes Idee sei großartig gewesen, und sie wollten einen Orden des Generals für den Dieb als

Lockmittel bereitlegen und sich dann im Schrank verstecken. Wenn der Dieb den Orden entdeckte und mitnehmen wollte, wären sie und Hauke laut schreiend aus dem Schrank gesprungen und hätten den Dieb somit auf frischer Tat ertappt.

Barbara sah Leni entgeistert an und schlug sich eine Hand vor den Mund, und im selben Moment versuchte Susanna sich zu befreien, um doch noch durch die Türe zu entwischen, aber Barbara hielt sie mit der anderen Hand eisern fest.

„So, so, das war also euer „Plan". Barbara zog scharf die Luft ein. „Und dann? Was hättet ihr mit dem Dieb angestellt? Hättet ihr ihn verhaftet? Ihr Aushilfssheriffs!" Sie konnte nicht glauben, was Leni ihr da gerade erzählte.

Dass ihr gemeinsamer Plan nicht zu Ende gedacht war, wurde Leni just in diesem Moment klar …

Was hätten sie denn tatsächlich gemacht, wenn sie plötzlich laut schreiend aus dem Schrank gesprungen wären und vor dem Dieb gestanden hätten?
Ihn gefesselt und geknebelt?
Ihn festgehalten und um Hilfe gerufen? Sepp geholt?
Was, wenn es mehrere Diebe gewesen wären?
Was, wenn die Diebe bewaffnet gewesen wären?
Aber die größte Sorge machte ihr im Moment, was Sepp zu all dem sagen würde? Das gab bestimmt ein riesiges Donnerwetter!!

All´ das kam Leni plötzlich in den Sinn, und damit der Schluckauf zurück! Wie hatte sie nur versuchen können, den- jetzt als völlig unausgereift entlarvten Plan alleine umzusetzen?

Barbara gingen ähnliche Gedanken durch den Kopf, was alles hätte passieren können…
Was hätte dies für die Station und die Klinik bedeuten können und welche

mögliche Konsequenzen hätte sie zu befürchten?
Siedend heiß fiel ihr ein, dass sie selber gestern Abend den Schrank und das Zimmer vom General verschlossen hatte, um weiteren Diebstählen vorzubeugen, nichtsahnend, dass Leni sich zu diesem Zeitpunkt bereits im Schrank versteckt hatte.

Immer wieder diese Leni!
Von Anfang an hatte sie nicht gewollt, dass dieser Werkstatt-Trupp hier arbeitete, da war der Ärger ja vorprogrammiert, das hatte sie immer schon gesagt. Gerade sah Barbara sich erneut in all ihren Vorurteilen bestätigt.

Sie vergaß, wie gut die Werkstatt-Mitarbeiter sich in ihre Teams eingefunden hatten, wie fleißig sie arbeiteten und wie beliebt sie bei den Patienten waren. Im Moment sah sie nur die Probleme, die wieder einmal diese Leni hier verursachte. Nein, keinen Tag länger würde sie das mitmachen, als hätte sie nicht schon genug Ärger auf der Station.

Leni hingegen redete einfach weiter und berichtete, dass sie in ihrem Versteck gehört hatte, wie Susanna ins Zimmer gekommen war und mit sich selber gesprochen hatte, deshalb habe sie sie ja erst erkannt. „Ich habe alles gehört im Schrank!" beteuerte sie mit Inbrunst, „und sie hat gerade vor fünf Minuten meine Brosche gestohlen!" fügte sie im Brustton der Überzeugung hinzu. „Ich habe genau gehört, wie sie gesagt habe, was für ein schöner Orden das sei, den nehme sie auch noch mit!"

„Ich habe die Brosche meiner Mama extra als Lockmittel aufs Nachtkästchen gelegt" berichtete Leni nun weiter: „wie ich das mit Hauke ausgemacht hatte, um dann aus dem Schrank heraus zu beobachten, wer der Dieb ist, um ihn auf frischer Tat zu ertappen!

Leni setzte eine betretene Miene auf: „Doch dann hat Hauke sich verletzt, ich war ganz alleine, und zu allem Übel hat mich wer eingesperrt, und ich war die ganze Nacht im Schrank!! Ich konnte die Türe nicht wie geplant einen Spalt öffnen, ich konnte einfach nichts sehen, als es darauf ankam…"

„Susanna hat immerzu mit sich selber gesprochen, so konnte ich wenigstens alles hören!" Als sie dann sagte, dass sie den Schrank nach weiteren Dingen durchsuchen wollte, bekam ich furchtbare Angst!
Ich konnte ihre Schritte schon ganz nah hören, und dann bist Du plötzlich zur Tür hereingekommen!" fuhr Leni fort.

Barbara konnte und wollte es nicht glauben. So eine Räubergeschichte konnte sich nur Leni ausdenken!

„Susanna, was ist da dran an dieser Geschichte? Hast du Lenis Brosche genommen?" fragte sie trotz aller Verwirrung bei Susanna nach.
Susanna sagte kein Wort mehr und starrte stur auf ihre Fußspitzen.
„Susanne, sag mir jetzt sofort, was hier vor sich geht!"
Barbara wurde nun deutlich lauter und sehr eindringlich.
„Sie hat die Brosche, sie hat sie ganz bestimmt!" sagte Leni energisch.
Barbara forderte nun Susanna auf, die Hände aus den Taschen zu nehmen und ihr zu zeigen, was sie in ihren Kitteltaschen versteckte.

Nur widerwillig nahm Susanna ihre Hände aus den Taschen, und tatsächlich, in der Kitteltasche war die Brosche, aber es kamen auch ein besticktes Kopftuch, das eindeutig der arabischen Patientin aus Zimmer 203 gehörte, und eine elektrische Zahnbürste zum Vorschein, die sie vermutlich bei einem anderen Patienten entwendet hatte. Dieser hatte den Verlust seiner Zahnbürste gerade vorhin im Büro gemeldet.

Barbara nahm Susanna am Arm und forderte sie auf, ihr ins Schwesternzimmer zu folgen, und zu Leni gewandt sagte sie: „Und du kommst auch mit.

Wir zwei sprechen uns noch!"
Im Schwesternzimmer angekommen, holte sie die Visitenkarte von Sepp aus einer Schublade und rief sofort an.

Als er sich meldete, teilte sie ihm mit, dass sich hier gerade die Dinge überschlugen und zu all der Aufregung wegen des Unwetters nun auch noch eine Festnahme anstand. Sie habe eine junge Dame in Gewahrsam, die dringend tatverdächtig sei, die Diebstähle im Klinikum begangen zu haben. Außerdem habe sie noch jemanden in ihrem Schwesternzimmer, den er eventuell schon vermissen würde.

Atemlos stieß Sepp hervor; „Ist Leni bei Ihnen!" Als sie bejahte, konnte man die Erleichterung und die Last, die Sepp von den Schultern fiel, buchstäblich poltern hören.
„Können Sie bitte herkommen, dann erkläre ich Ihnen alles weitere!" sagte Barbara mit einem tiefen Seufzer. Was war das heute nur für eine verrückte Nacht gewesen - und der Tag begann schon wieder mit Aufregungen!

Sepp, der sich bereits angezogen hatte und sowieso gerade ins Krankenhaus zu Hauke fahren wollte, stürmte aus der Wohnung, klopfte bei allen anderen Bewohnern und teilte Ihnen mit, dass er Leni gefunden habe. Noch bevor sie weitere Fragen stellen konnten, eilte er aus dem Haus, sprang in seinen grünen Jeep und brauste Richtung Krankenhaus davon.

41.

Hauke, der nach der Operation gerade erst langsam wach wurde, hatte vom Gewitter kaum etwas mitbekommen. Ab und an war er zwischenzeitlich wach geworden, hatte sich über die Blitze gewundert, war aber ebenso schnell wieder eingeschlafen.
Er war immer noch ein bisschen benebelt, und die Schmerztabletten trugen sicherlich ihren Teil dazu bei, dass er noch nicht ganz ausgeschlafen war.
Von all den anderen Aufregungen der Nacht hatte er nichts mitbekommen.
Das Erste, was ihm heute Morgen auffiel, war, dass der Baum vor seinem Fenster völlig kahl und ohne Blätter war.
Neben ihm schnarchte ein älterer Herr, den er noch nie gesehen hatte.

Völlig irritiert setzte er sich auf.
Wer war der Mann, und wo war er hier überhaupt?

Langsam dämmerte es ihm verschwommen und er erinnerte sich wieder an den Unfall und die Spinne!
Sofort suchte er seinen gesamten Körper ab, ob sich dieses Tier nicht irgendwo versteckt hatte. Er stellte fest, dass er anstatt seines gewohnten Schlafanzugs ein Nachthemd trug. Ein fremdes Nachthemd, das noch dazu hinten offen war, das ging überhaupt nicht.

Er lag in einem fremden Bett, mit blankem Po... Oh nein!!!

Wer darin wohl schon aller gelegen hatte, war die Bettwäsche überhaupt frisch? Wenn er in Urlaub fuhr, was sowieso nur sehr selten vorkam, hatte er immer eigene Bettwäsche dabei. – Nein!
Er musste hier raus! Er musste unbedingt und sofort aufstehen, seine Hände waschen und im Spiegel nochmal genau nachsehen, ob die Spinne sich nicht in seinen Haaren versteckt hatte.
Am besten wäre, er würde gleich duschen, sicher ist sicher!!

Als er aufstehen wollte, bemerkte er, dass sein Bein ihm nicht gehorchte und nicht mit ihm aus dem Bett stieg, und als er es ruckartig nachziehen wollte, durchfuhr ihn ein derartig heftiger Schmerz, dass er unwillkürlich aufschrie.

Schlagartig verstummte das Schnarchen neben ihm, und der Mann setzte sich abrupt auf.
„Hast du noch alle Tassen im Schrank?" fuhr er Hauke an. „Nicht nur, dass meine Schulter gebrochen ist, jetzt bekomme ich wegen Dir auch noch einen Herzinfarkt!"
So eine ruppige Anrede nicht gewohnt, verfiel Hauke in seine, immer in beängstigenden Situationen auftretende Schockstarre und verharrte, ohne sich zu bewegen oder etwas zu sagen.

Dieses komische Verhalten wiederum erschreckte den Mann im Nachbar-Bett noch mehr. Er beschloss sicherheitshalber, nach der Schwester zu läuten, und gleichzeitig rückte er ein Stück von Hauke weg ans äußerste Ende seines Bettes.
Man wusste ja nicht, eventuell war das etwas Ansteckendes....

Schwester Hannelore steckte kurze Zeit später den Kopf ins Zimmer und erkundigte sich nach den Wünschen von Herrn Fritzl, so hieß der Bettnachbar von Hauke.
Der wiederum zeigte nur verstört auf Hauke.

Erst jetzt bemerkte Hannelore die starre Haltung und den verängstigten Gesichtsausdruck von Hauke, der, halb aus dem Bett hängend, halb sitzend, unbeweglich ins Leere starrte, die Lippen aufeinandergepresst und die Augen fest geschlossen.
Beruhigend sprach sie auf ihn ein und näherte sich ihm langsam.
Als sie ihm die Hand auf die Stirn legen wollte, um zu fühlen, ob er Fieber habe, begann Hauke wie verrückt zu schreien, bewegte dabei weder seinen Körper noch seinen Kopf und-, er schrie gleichbleibend und unaufhörlich laut vor sich hin.

Hannelore versuchte ihn zu beruhigen, doch je mehr sie sich ihm näherte, umso lauter schrie er.
Sie wusste zwar vom Aufnahmegespräch, dass er Autist war, aber wie man sich ihm angemessen näherte, das wusste sie nicht.
Aus Fürsorge machte sie den größten Fehler, den sie bei einem Autisten wie Hauke machen konnte. Sie berührte ihn nämlich unerlaubt und versuchte, ihn zurück ins Bett zu drängen und dort festzuhalten.
All´ das versetzte ihn nur noch mehr in Panik und ließ ihn in ein Geheul ausbrechen, das ohrenbetäubend war.

Herr Fritzl war mittlerweile aus dem Zimmer gestürmt, um im Schwesternzimmer Verstärkung zu holen.
Außerdem würde er mit diesem Verrückten keinen Augenblick länger in einem Zimmer bleiben.
Er riss die Tür zum Stationszimmer auf, wo Barbara gerade das Telefonat mit Sepp beendete und zwei Pflegehelferinnen mit bedrückten Gesichtsausdrücken und hängenden Köpfen am Schreibtisch vor der Stationsleitung saßen.

„Schnell!" rief Herr Fritzl, „sie müssen kommen, der Verrückte in meinem Zimmer flippt aus und schreit und brüllt und bewegt sich nicht mehr! Ich glaube, der stirbt!"

Barbara sprang auf und rannte los. Im Laufen rief sie noch: „Dass ihr zwei mir hier schön im Büro bleibt, bis ich von Hauke wieder zurück bin!"

Das war Lenis Stichwort: Hauke!!
Was war mit Hauke, wieso schrie er, was war passiert??
Wenn ihn jetzt jemand beruhigen konnte, dann doch wohl nur sie!

Und schon stürmte sie hinter Barbara her.
Aus dem Zimmer am Ende des Flurs, unmittelbar neben dem Zimmer des Generals, hörte sie schon Haukes lautes Heulen.
So nah war er ihr heute Nacht also gewesen und hatte ihr nicht helfen können, denn er hatte schlicht und einfach seinen eigenen Plan verschlafen.
Aus allen möglichen Zimmern steckten Schwestern und Patienten die Köpfe, um zu schauen, woher das Gebrüll kam und was vorgefallen war.

So etwas hatte es auf dieser Station noch nie gegeben, zwei derart schreiende Patienten hintereinander.
Kaum waren sie den dementen alten General losgeworden, schon schrie der nächste Patient – das war doch zum Verrücktwerden.

Barbara rannte in das Zimmer und versuchte, sich einen Überblick zu verschaffen.
Hannelore kniete neben dem Bett und versuchte, Hauke zurück auf die Matratze zu hieven, doch dieser, halb liegend, halb sitzend, schrie aus Leibeskräften und verharrte wie festgemeißelt in dieser unnatürlichen Position.
Barbara zückte das Notfall-Telefon und rief nach einem Arzt, der ggfls. ein Beruhigungsmittel spritzen konnte. Nachdem sie aufgelegt hatte, versuchte sie, Hannelore zur Hilfe zu kommen. Das Geschrei wurde noch lauter, und beide Schwestern schafften es nicht, Hauke zurück ins Bett zu bugsieren.

Im nächsten Augenblick schoss Leni um die Ecke, erfasste in Sekundenbruchteilen, was passiert war und rief: „Lasst ihn los, lasst ihn sofort los!!"

Erschrocken über den herrischen Ton, der aus der kleinen Leni herausbrach, ließen die beiden Schwestern von Hauke ab.

Leni lief auf ihn zu und rief immer wieder: „Hauke, Hauke, ich bin da, ich bin da, ich bin es – Leni!! Schau mich an, ich bin es wirklich!!"
Wenige Augenblicke später verstummte das Geschrei, Hauke blinzelte und sah Leni an.
„Leni – Gott sei Dank! Wo bin ich, was ist passiert?" Behutsam setzte sich Leni auf den Bettrand und nahm Haukes Hand, was er ohne Protest geschehen ließ „Du bist im Krankenhaus, Hauke, du hast dir den Fuß gebrochen! Sie haben Dich operiert, und jetzt hast du gaanz viel Stahl oder Beton oder sowas in Deinem Fuß, damit Dein Knochen wieder heile wird."

Hauke sah sie an, langsam schien er sich zu erinnern und wieder zu sich zu kommen. „Deswegen ist mein Fuß so schwer und wollte nicht mit mir aus dem Bett!"
„Ja, das kann schon sein!" überlegte Leni. Beton wog ja schließlich allerhand.
Leni half Hauke, sich wieder bequem im Bett zurechtzulegen.
Hannelore und Barbara waren einige Schritte zurückgetreten und beobachteten das Geschehen in angemessenem Abstand.
Sie konnten nicht fassen, was sie eben erlebt hatten.
Gerade in dem Moment, als sie den Arzt abbestellen wollten und Herr Fritzl zurück ins Zimmer kommen konnte, stürmte der völlig aufgewühlte und sichtlich bewegte Kommissar ums Eck.
„Leni, Hauke – wenn es euch nur gut geht!!" rief Sepp aus.
Er schloss beide fest in die Arme.
Auch von ihm ließ sich Hauke die Berührung gefallen und schmiegte sich sogar ein wenig erleichtert an den Polizisten.
Wenn Sepp da war, konnte nichts mehr passieren, davon war Hauke überzeugt.

Nach der anfänglichen Erleichterung setzte Sepp eine strenge Miene auf und senkte die Stimme: „Was habt ihr zwei da wieder ausgeheckt??"

Sofort setzte sich Hauke kerzengerade im Bett auf und erklärte bereitwillig und im Detail genau, wie es seine Eigenart war, den Plan, den er mit Leni geschmiedet hatte.
Schlechtes Gewissen oder Fehlereinsicht gab es in seinem Krankheitsbild nicht, weshalb er völlig befreit und ganz naiv von dem geplanten Hinterhalt erzählte.

Mit jedem Wort, das Hauke von sich gab, sank Leni ein wenig mehr in sich zusammen. Jetzt, wo Hauke das Vorhaben erklärte, klang alles nicht mehr so harmlos und einfach.
Was, wenn die Einbrecher starke Männer gewesen wären, die mit der Waffe des Generals geschossen hätten – was hätten sie und Hauke dann ausrichten können? Nichts!
Womöglich wären sie schwer verletzt oder gar getötet worden.
Leni begann zu weinen und bekam Schluckauf...

Sepp hatte den abenteuerlichen Plan noch gar nicht vollständig begriffen, aber ihm war schnell klar gewesen, dass dies sehr gefährlich für die beiden hätte werden können.
„Leni!" brummte er, „Leni, was habt ihr euch nur dabei gedacht...?"

Leni musste nichts mehr sagen, ihre Tränen und ihr Schluckauf waren Schuldeingeständnis genug.
Sepp sah sich um. In der geöffneten Zimmertüre standen Barbara, Hannelore und Herr Fritzl, die gebannt der Geschichte von Hauke gelauscht hatten.
Plötzlich begann Herr Fritzl zu klatschen, erst leise und dann immer lauter.
Vom Flur her stimmten immer mehr Patienten und Schwestern, die neugierig ihre Zimmer verlassen und ebenfalls der Geschichte gelauscht hatten, in den Applaus ein.

Was für mutige Menschen waren diese zwei, trotz ihres jeweiligen Handicaps, zwei, die völlig selbstlos die gestohlenen Dinge von so vielen Patienten und vor allen Dingen vom General wiederfinden wollten. Das war wirklich einen Applaus wert!
Schnell sprach sich auf der gesamten Station der mutige Plan herum.
Als sich Leni kurze Zeit später mit Sepp auf dem Weg ins Schwesternzimmer machte, wurde ihr aus vielen Zimmern und von Patienten und Schwestern freundlich zugewunken und applaudiert.

Sepp wollte im Schwesternzimmer die ganze Geschichte nun von Leni noch einmal im Detail und von Beginn an berichtet bekommen, wie sie es geschafft hatte, alleine mit dem Bus ins Krankenhaus zu fahren, sich im Schrank des Generals zu verstecken und die furchtbare Gewitternacht alleine im Schrank zu überstehen.
Außerdem wollte er sofort mit Susanna sprechen und sie mit auf die Polizeistation nehmen.

Barbara berichtete auf dem Weg ins Stationsbüro, was Leni ihr erzählt hatte, und auch vom gefundenen Diebesgut aus dem Kittel von Susanna. Sie hatte alles fein säuberlich auf den Schreibtisch zur Beweisaufnahme gelegt. Gemeinsam betraten sie das Büro.
Die- bei Susanna gefundenen Gegenstände lagen, wie angekündigt auf dem Schreibtisch, doch wo war Susanna??
Von ihr war weit und breit nichts zu sehen. Offensichtlich hatte sie sich aus dem Staub gemacht.

Sepp rief im Polizeirevier an und forderte Martl und Fritz auf, unverzüglich zur Wohnadresse von Susanna zu fahren und dafür zu sorgen, dass sie nicht verschwinden lassen konnte, was weiteres mögliches Diebesgut und Beweismittel war.

Jetzt war es an Sepp zu berichten - vom Einbruch der Zwillinge in die Wohnung des Generals, von der Verletzung von Hans, dessen Blut es gewesen war, welches in der Wohnung von Herrn Detterbeck geflossen war, vom Wasserschaden und vom Fund der verschwundenen Jacken in Lenis und Haukes Keller.

Leni staunte nicht schlecht – da war der Einbruch gar kein Einbruch und der Raub gar kein Raub, nur die Diebstähle im Krankenhaus waren tatsächlich passiert, und sie hatte mit oder ohne Haukes Hilfe die echte Diebin erwischt, ihre Kollegin aus der Krankenhaus-Gruppe de Werkstätten für Menschen mit Behinderung, Susanna, die griesgrämige Einzelgängerin, die beim Mittagessen immer nur lustlos an einem Salat knabberte und nie lachte. Irgendwie tat sie Leni auch schon wieder leid. Was würde das für sie wohl für Konsequenzen haben? Ob sie ins Gefängnis musste?

Oh, und da waren ja auch noch Hans und Peter, ob die auch ins Gefängnis mussten wegen des Einbruchs.
Wahrscheinlich nicht, aber die Strafen von Mama Bachmeier waren bestimmt nicht besser. Die beiden hatten wohl in nächster Zeit bestimmt nichts zu lachen…

Sepp besprach mit Hannelore und Barbara noch Einzelheiten und sicherte die „Beute" von Susanna. Im Anschluss fragte er die leicht errötende Hannelore, ob sie, nachdem der Fall nun abgeschlossen sei, vielleicht mit ihm einmal zum Essen gehen wollte. Mit einem Lächeln nickte sie und verließ verschämt das Schwesternzimmer.
Leni war in der Zwischenzeit zu Hauke gesaust, um ihm von den ganzen Entwicklungen zu berichten.
Dieser staunte nicht schlecht und kam mit „Ah" und „Oh" gar nicht hinterher.
Nachdem Leni geendet hatte, wirkte Hauke völlig erschlagen.
Es war bestimmt gut, wenn er jetzt erst einmal ein paar Stunden schlief, um sich von der Aufregung zu erholen.

Er ließ sich zurück ins Kissen sinken und schloss die Augen. Leni versprach, morgen nach der Arbeit gleich wieder bei ihm vorbeizuschauen. Doch da war Hauke schon tief und fest eingeschlafen.
Gott sei Dank, denn so bemerkte er die kleine Spinne nicht, die sich von seinem Galgen abseilte und von Leni liebevoll auf die Hand genommen und übers Fenster ins Freie entlassen wurde.

42

Fritz und Martl waren noch vor Susanna in deren Wohnung angekommen. Die betagte Mutter öffnete ahnungslos die Tür. Als sich die Polizisten vorstellten und den Grund ihres Kommens erklärten, öffnete sie freiwillig und ohne Zögern die Zimmertür von Susannas Kinderzimmer. Was die Polizisten dort vorfanden, übertraf jegliche Vorstellung. Das Zimmer war vollgestopft mit allen möglichen Dingen, Döschen und Schuhen, kleinen Radiogeräten, einer Schale voller Haarspangen, Büchern, Reiseführern und einer kleinen Papierkiste voll mit Geldscheinen, Püppchen und Bildern. Es würde Wochen dauern, alle diese Dinge zu sichten, zu erfassen und sie, soweit noch möglich, ihren rechtmäßigen Besitzern wieder zukommen zu lassen.

Susanna schien an krankhafter Kleptomanie zu leiden, denn es ging offensichtlich nicht um den Wert der Dinge, sondern nur um den reinen Besitz.
Sie würde in psychiatrische Behandlung kommen, und man würde versuchen, ihr zu helfen.
Die Mutter schien über die aktuelle Entwicklung sichtlich erleichtert zu sein, denn sie hatte die Kontrolle über das Verhalten ihrer Tochter verloren und konnte ihr nicht mehr helfen. Machtlos musste sie dabei zusehen, wie es immer schlimmer wurde. Aus Scham über die Diebstähle ihrer Tochter schaffte sie es auch nicht, Hilfe für sie beide zu suchen.

So hatte Leni auch für die Mutter etwas Gutes getan, indem sie die Diebstähle aufdeckte, denn so konnte endlich beiden geholfen werden, - Mutter und Tochter.

Einige Wochen später, fuhr Leni, wie jeden Tag mit ihren Kollegen, die sie nach wie vor bewunderten und immer wieder die Geschichte aus dem Schrank hören wollten, zur Arbeit in die Klinik.
Schwester Barbara hatte sich mittlerweile mit den Mitarbeitern aus den Werkstätten angefreundet und sah sowohl Nutzen als auch die Freude,

welche diese Kollegen auf den Stationen verbreiteten. Auch für Susanna hatte sie Ersatz kommen lassen.
Eine junge Frau mit Down-Syndrom und einem lustigen roten Haarschopf und immer guter Laune hatte ihre Stelle übernommen. Sie aß mittags mit großem Appetit und vermied es, Salat zu essen, was Leni besonders gut gefiel.

Im Krankenhaus angekommen, kam Frau Berger und bat Leni, sie zu begleiten. Heute war der große Tag, an dem alle ehemaligen Patienten, wo auch immer sie hergekommen waren, wieder in die Klinik zurückkamen, um ihre sichergestellten persönlichen Gegenstände zurückzubekommen.
Leni durfte bei der Übergabe dabei sein und die Dinge den Patienten persönlich übergeben. Das war eine helle Freude für Leni. Aufgeregt hüpfte sie von einem Bein aufs andere und bekam ihren obligatorischen Schluckauf. Doch dieses Mal freute sie sich sogar über das Hicksen, denn es war ein schöner Grund, aufgeregt zu sein.

Sepp und Martl standen mit einem großen Karton voller Wertgegenstände, Kleinigkeiten und auch Nutzlosigkeiten im Krankenhausspeisesaal und riefen die Patienten einzeln auf, die dann nach vorne kommen mussten, um den Erhalt zu quittieren. Dann bekamen sie von Leni ihre gestohlenen Dinge zurück. Viele der ehemaligen Patienten kannte Leni persönlich, und es freute sie ganz besonders, sie wieder zu sehen
Da war Herr Bacher, der mit Tränen der Rührung in den Augen die kleine Dose seiner Frau in Empfang nahm und Leni dabei ganz fest drückte.
Da war die nette, schweigsame Frau, die sich über ihr besticktes Kopftuch freute, welches sie zur Hochzeit von ihren Eltern, die im Iran leben, geschenkt bekommen hatte.
Da waren die alte, gebrechliche Frau, der sie die Hausschuhe zurückgeben konnte und, die Dame, deren Mann 200,- Euro aus dem Nachtkästchen gestohlen worden waren.

Und letztendlich war da der - wieder genesene und sichtlich gerührte General, der seine alte Uhr und sein Taschenmesser zurückbekam.
Er konnte mittlerweile wieder selbständig laufen, denn sein Bruch war

inzwischen völlig verheilt. Er konnte zurück in seine frisch renovierte Wohnung im „Ich + Du-Haus" ziehen. Von all den Vorfällen während seiner Abwesenheit, dem Einbruch und dem Unfall hat er nie etwas erfahren!

Hans und Peter hatten als Strafarbeit die Wohnung wieder tiptop renovieren müssen. Nur gelegentlich, wenn der General wieder zu fest mit der Faust auf den Tisch haut, rieselt etwas Sand aus dem kleinen, kaum zu sehenden Loch in der Decke.

Die Wunde an Hans´ Arm ist verheilt, auch wenn eine große, relativ hässliche Narbe zurückbleiben wird. Beide Buben haben, vielleicht aus ihrem schlechten Gewissen heraus, fleißig gelernt und das Klassenziel erreicht.

Mama Bachmeier hat die Uniformjacken gereinigt, gedämpft und wieder zu den Hosen in die Speisekammer gehängt, die Wohnung des Generals grundgereinigt und die Fenster geputzt, damit nicht auffällt, dass eine neue Scheibe im Wohnzimmer eingesetzt wurde.

Sepp hat mit Argusaugen überwacht, dass jeder der wertvollen Orden wieder im richtigen Kästchen platziert wurde. Auch einen neuen Rahmen für die beiden Pistolen ließ er anfertigen. Das Jagdgewehr liegt wieder auf dem Schrank, jedoch wurde alle Munition entfernt und der Lauf verschlossen – man weiß ja nie…

Das Fest der Übergabe war für alle ein Tag der Freude, Schwester Barbara und Hannelore wohnten den Feierlichkeiten ebenfalls bei und wischten sich beide heimlich eine Träne aus den Augenwinkeln.

Die Leiterin der Werkstatt fotografierte im Auftrag der Krankenhausleitung jede einzelne Übergabe und schenkte den Bestohlenen einen Abzug der Bilder. Für Leni fertigte sie in den Tagen danach eine Collage aus allen Bildern, die Leni gerahmt und stolz in ihrem Flur aufgehängt hat. Manchmal steht sie mit Hauke davor, der immer noch an Krücken laufen muss, und sie erzählen sich von ihrem tollen geschmiedeten Hinterhalt.

In der kleinen Zeitung von Sonnwang erschien ein Artikel über die zwei mutigen Mitarbeiter der örtlichen Behindertenwerkstatt, darüber zwei Bilder, das eine zeigt Leni, die stolz ein Päckchen Bücher an einen ehemaligen Patienten übergibt, das zweite zeigt Hauke, der gewohnt unbeteiligt auf seinen Krücken lehnt und sich bemüht, nichts im Krankenhaus-Speisesaal zu berühren.

Wenn man ganz genau hinsieht, erkennt man eine klitzekleine Spinne, die sich langsam hinter ihm von der Decke abseilt…

Verlag: BoD · Books on Demand GmbH, In de Tarpen 42,
22848 Norderstedt, bod@bod.de
Druck: Libri Plureos GmbH, Friedensallee 273,
22763 Hamburg
ISBN: 978-3-7597-8618-0